스위치 ON

스위치 ON

초판 1쇄 펴낸날 2025년 7월 21일

지은이 이송현
펴낸이 홍지연

편집 홍소연 고영완 이태화 김지예 이수진 김신애
디자인 이정화 박태연 정든해 이설
마케팅 강점원 원숙영 김가영 김동휘
경영지원 정상희 배지수

펴낸곳 ㈜우리학교
출판등록 제313-2009-26호(2009년 1월 5일)
제조국 대한민국
주소 04029 서울시 마포구 동교로12안길 8
전화 02-6012-6094
팩스 02-6012-6092
홈페이지 www.woorischool.co.kr
이메일 woorischool@naver.com

ⓒ이송현, 2025
ISBN 979-11-6755-347-8 43810

• 책값은 뒤표지에 적혀 있습니다.
• 잘못된 책은 구입한 곳에서 바꾸어 드립니다.

만든 사람들
편집 이태화
디자인 박태연

차례

1	밤의 여왕	7
2	밤에는 어디든	17
3	스위치 OFF	29
4	거북이 아빠	42
5	새로운 시작	51
6	네가 나를 부를 때	69
7	인생의 아이러니	83
8	Have a Good Day	101
9	피할 수 없는 이유	114
10	빛의 속도	131
11	Rising Sun	148
12	우리가 바라는 모든 것	164
13	밤을 달려	179
14	스위치 ON	194
	작가의 말	210

1 밤의 여왕

얼음 위에서는 모든 게 '찐'이다. 매서운 바람이 뺨을 때렸다. 체감 기온 영하 24도. 도시 변두리의 야외 스케이트장은 우리를 품어 주기에 최적의 장소였다. 실내 링크와 달리 울퉁불퉁하게 얼어붙은 호수 위를 달릴 때면 가슴이 벅찼다.

스케이트 날을 세우고 정면만 보고 달렸다. 하체로 힘이 쏠리고 얼음 표면이 발 전체에 날카로운 한기로 와닿았다. 호흡할 때마다 폐부 깊숙이 밀려드는 차가운 공기에 이성은 얼어붙고 오직 질주 본능만 남았다. 스케이트 날에 날카롭게 긁히는 얼음 스크래치가 발바닥을 꽉 움켜잡았다.

심장이 점점 뜨거워졌다. 날은 차갑고 뺨은 찢어질 듯 아픈

데 이상하게 심장만은 타 버릴 듯 불타올랐다. 열의인지 분노인지, 도무지 분간할 수 없는 감정이 소용돌이쳐서 한 줌의 재로 사라질 것만 같았다. 뜨거운 호흡과 찬 공기가 한데 어우러져 아드레날린이 폭주했다. 스틱을 움켜쥔 손에 힘이 들어갔다. 골로 성공시킬 수 있다는 확신이 일었다. 잇새로 흘러나온 숨이 매서웠다.

'슛!'

골문을 지키고 선 루크를 향해 퍽을 날렸다. 슛을 쏠 때면 그 어느 때보다 냉정해야 한다고 배웠지만 본능이 이성을 이기는 날들이 계속되었다. 헬멧 사이로 루크의 푸른 눈동자가 보였다. 추위 때문인지 열기 때문인지 뺨이 붉었다. 루크는 퍽을 막기 위해 부푼 숨을 멈추는 듯했다. 무섭게 날아간 퍽이 간이 골대 안으로 들어가지 못하고 튕겨 나왔다.

"나이스, 온!"

골문을 굳건히 지켜 낸 루크는 최근 상승세를 타고 있다. 리그 최고의 골리가 목표인 루크와, 누구도 막을 수 없는 최고의 공격수가 목표인 나는 최상의 공수 단짝이었다.

지난 경기 장면이 파노라마처럼 펼쳐졌다. 지금과 동일한 상황에서 어처구니없는 실수로 리바운드 기회를 놓치는 바람에, 나는 제임스 감독한테 물릴 만큼 욕을 먹었다. 머릿속으로 가상의 수비수를 그렸다. 2주 뒤에 우리 팀과 맞붙을 팀은 고교 리그 최강이다. 결승도 아니고 8강에서 붙게 되었으니 무조건 죽어라 달려야 한다.

"온! 리바운드 기회를 계속 노려!"

루크가 몸을 낮춰 자세를 잡으며 슛에 실패한 나에게 다시 퍽을 날릴 기회를 잡으라고 목청껏 소리쳤다. 루크는 골리답지 않은 골리였다. 나의 슈팅을 진심으로 응원하고 있으니.

"골리답게 골문이나 지켜!"

"다시! 다시, 온!"

'다시'는 루크가 제대로 발음하는 유일한 한국어였다. 언젠가, 왜 '다시'라는 말만 한국어로 하냐고 물었더니 돌아오는 소리가 제법 심금을 울렸다.

"앞으로 살면서 다온 네가 넣어야 하고 내가 막아야 할 퍽은 많으니까. 그러니까 실망하지 말고 '다시' 움직이라고."

그래서였을까. 나는 희망이 필요할 때면 루크의 새파란 눈동자를 떠올렸다. 누군가는 행복을 찾아 파랑새를 떠올리겠지만 내게는 루크의 파란 눈동자가 행복이고 희망이었다.

"사실 다온, '다시'라는 말이 너한테 배운 한국어 중에 제일 쉬워."

시합이든 연습 경기든 우리는 늘 한 몸처럼 붙어 다녔다. 코치는 우리 둘을 두고 쌍둥이라고 불렀다.

다시 스틱을 고쳐 잡고 골문을 향해 내달렸다. 거친 빙판은 문제가 되지 않았다. 보지 않고도 퍽이 어디쯤 위치하는지는 감으로 알 수 있다. 수많은 날을 함께 연습한 탓에 루크 역시 내가 어떻게 움직일지 눈치채고 있었다. 이렇게 되면 타이밍이 최선의 공격이다. 이번에는 루크의 우측 글러브 상단을 노렸다. 백핸드에서 포핸드로 빠르게 전환하며 내 주특기인 스냅 샷을 날렸다.

"스위치 온!"

퍽이 군더더기 하나 없이 깨끗하게 골망에 꽂혔다. 루크가 머리 위로 두 손을 번쩍 들었다. 내가 득점할 때마다 루크는 내 이름 대신 득점 스위치가 켜졌다는 의미로 '스위치 온'이라고 외쳤다. 정작 골을 넣은 나는 가만히 있는데 방어에 실패한 녀석이 이까지 드러내며 웃었다. 이번 시즌 첫 경기 때 빠진 이가 휑하니 빈자리를 드러냈다. 이가 빠졌음에도 불구하고 잘생긴 얼굴이라니. 웃지 않으려고 입가에 힘을 주었지만 소용없었다. 나를 빙판에서 무방비 상태로 만드는 존재가 있다면 그건 루크뿐이었으니까.

노을이 빙판 위로 내려왔다. 루크는 이런 풍경을 두고 밤의 여왕이 우리의 놀이터에 녹아 내려오고 있다고 말했다. 연습이 끝나면 우리는 턱까지 차오른 숨을 고르며 아이스크림을 먹었다. 뜨겁게 달아오른 호흡을 아이스크림으로 얼려 버리자며 키득거리곤 했다.

녀석을 처음 만난 곳도 꽁꽁 언 호수 위의 야외 스케이트장이었다. 모든 것이 낯설고 외롭던 날들이었다. 한글의 받침도 헷갈리는데 왜 낯선 땅에 와서 알아듣지도 못하는 말에 둘러싸여야 하는지, 왜 울음을 참아 내야 하는지 영문을 알 수 없었다.

하루라도 빨리 적응하라며 엄마는 다짜고짜 나를 집에서 제법 거리가 있는 학교에 등록시켰다. 가까이 학교가 없었던 까닭에 달리 선택지가 없었다. 학교는 나에게 공포였다. 내가 아는 영어는 '헬로' '땡큐'가 전부였다. 한국에서 그 흔한 영어 조기 교육도 받지 않은 나였다.

나에게 보이는 관심이 반갑지 않았고 그 무엇 하나 고마운 감정이 들지 않았다. 입을 꾹 다물고 아무렇지 않은 척 하루하루를 흘려보냈다. 분명한 건 당시 내가 무척 외로웠다는 사실이다. 땅만 처다보고 걷는 내게 절친이 생긴다는 건 온 가족이 다시 한국으로 돌아가는 일만큼이나 비현실적이었다.

학교에서 돌아오면 방구석에 웅크리고 앉아 한국에서 갖고 온 그림책을 펼쳤다. 『괴물들이 사는 나라』를 반복해서 읽는 게 유일한 도피였다. 동화 속 맥스처럼 이곳에서 나도 '괴물 딱지 같은 녀석'이 되는 것은 아닐까 하는 생각이 들었다. 하지만 나는 동화 속 주인공이 아니었고 맥스처럼 배를 타고 다른 세계로 나아갈 용기도 없었다. 이러지도 저러지도 못하는 내가 미웠다.

마지막 책장을 넘기는데 손이 미끄러지며 책장이 찢어졌다. 반으로 뚝 찢긴 종잇조각이 내 손에 남았다. 찢긴 종이에 일그러진 얼굴로 울고 있는 아이가 보였다. 나는 종잇조각을 호주머니에 넣고 집을 나섰다. 여느 때보다 운동화 끈을 단단히 묶었던 기억이 난다. 집에서 제법 걸어야 하는 곳에 호수가 있었다. 이번에는 걷는 동안 땅바닥을 보지 않으려고 애썼다.

'나는 괜찮아. 혼자여도 아무렇지 않아.'

길가의 담벼락, 눈 쌓인 나뭇가지, 도로 위를 달리는 자동차, 횡단보도 앞 신호등, 빵 가게와 카페의 입간판을 힘껏 노려보며 걸었다. 새파란 하늘에 구름이 천천히 흘러갔다.

한참을 걸어 도착한 곳에는 또래 아이들이 스케이트를 신고 얼어붙은 호수 위를 내달리고 있었다. 우두커니 나무 아래서 있는데 신나게 스케이트를 타던 남자애가 내 앞에 와서 멈추었다. 그 애는 내 얼굴을 빤히 쳐다보더니 이를 드러내고 웃었다.

"괴물이 나타났네."

수수께끼 같은 말이었다. 이상하게도 '괴물'이 주는 어감이 기분 나쁘지 않았다. 그 애가 날 보고 환하게 웃으며 손을 내밀었기 때문이었다. 그 바람에 나는 루크의 전용 공격수가 되었다. 루크는 최고의 아이스하키 골리가 되고 싶어 하는 아이였고 나는 그저 친구가 필요한 아이였으니까.

호수를 빙 둘러싼 산 위로 어느덧 어둠과 노을이 뒤섞였다. 야외 스케이트장은 예나 지금이나 변하지 않았다. 루크와 내가 여덟 살에서 열일곱 살로 자랐다는 사실을 제외하고는 말이다.
벤치 위에 던져 놓았던 물통을 집어 들었다. 숨도 쉬지 않고 물을 들이켰다. 보온 기능이 다 되었는지 물이 미지근하기는커녕 차가웠다. 서늘하게 식은 물이 식도를 타고 넘어가며 뜨겁게 달궈 진 온몸의 감각을 진정시켰다. 헬멧을 벗는 루크에게 물통을 건넸다.
"다온, 느슨하게 타지 마. 실전처럼 타라고."
"너야말로 제대로 막아."
다시 글러브를 끼고 스틱을 잡은 손에 힘을 주었다. 루크 역시 헬멧을 고쳐 쓰더니 날 향해 이를 드러내고 웃었다. 빙판에서 루크가 건네는 저 웃음을 볼 때마다 나는 내게 다가온 행운의 실체를 눈으로 확인한다.
"달려!"
고교 리그 최우수 골리 자리를 노리는 녀석답게 루크는 노련하게 움직였다. 첫 번에 날린 슛이 녀석의 왼발에 걸렸다. 다시 잡은 기회를 살려 두 번째 슛을 날렸다. 퍽이 빙판 위를 매섭게 미끄러져 갔다.

"골인!"

골을 먹고도 루크는 두 팔을 번쩍 추켜들었다. 세상의 모든 퍽을 다 막겠다는 녀석이 내 득점에는 후할 정도로 관대했다. 언젠가, 왜 그러는 거냐고 묻는 내게 루크는 별걸 다 묻는다는 듯 말했다.

"넌 나의 '베스트'잖아. 여태 몰랐어?"

천천히 루크를 향해 스케이트를 탔다. 골문으로 들어간 퍽을 건네며 루크가 눈동자만 왼쪽으로 돌려 찡긋거렸다.

"쟤, 또 왔다."

나무 아래 벤치에 여자애가 앉아 있었다. 저 애의 시선이 온전히 내게 닿아 있다는 것을 모르지 않았다. 그러나 나는 방향을 틀어 빙판을 내달렸다. 저 애도 내가 일부러 자신을 모르는 척하는 것을 알고 있을 것이다.

루크는 저 애를 '코리안 걸'이라고 불렀다. 가방에 걸린 태극기 키링을 알아본 것이다. 저 애 옆에 놓인 가방 안에 무엇이 들어 있는지 나는 알고 있다. 저 애는 오늘도 가방 안에 물건을 꺼내지 않은 채 얼어붙은 호수만 한참을 바라보다가 발길을 돌릴지 모른다.

그날을 나는 잊지 못한다. 어둠이 호수 위로 내려앉을 무렵,

낯선 얼굴 하나가 보였다. 연습을 막 마친 루크와 나는 호수 가장자리에 앉아 땀에 흠뻑 젖은 장비를 몸에서 하나씩 떼어 내고 있었다. 그때 스케이트 끈을 단단히 묶은 여자애가 호수 한가운데로 나아갔다. 부드럽게 미끄러지듯이 호수로 흘러 들어가는 스케이팅이었다. 물결 같은 흐름에 시선이 따라갔다.

"아무리 봐도 밤의 여왕 포스야."

루크의 농담이 귀에 들어오지 않는 묘한 밤이었다. 음악이 흐르지 않는 호수 가운데에서 여자애는 들리지 않는 선율에 맞춰 팔을 뻗어 바람을 잡고, 그 바람을 발판 삼아 도약했다. 놀라운 점프 실력에 루크도 나도 숨을 죽였다. 비거리가 짧았음에도 불구하고 허공에 몸을 내던지듯 빠르고 힘 있게 점프를 뛰었다. 무모해 보였다. 제 몸의 부상은 안중에 없다는 듯 함부로 몸을 날렸다. 균일하지 않은 호수 표면의 얼음을 무서운 속도로 박차고 몸을 날리는 용기에 소름이 돋았다. 조금만 삐끗해도 큰 부상을 입을 수 있었다.

"앗!"

누가 먼저랄 것도 없이 루크와 나는 동시에 탄식했다.

허공으로 우아하게 날던 여자애가 착지와 동시에 바닥에 널브러졌다. 가속도가 얼마나 대단했으면 바닥에 떨어지고도 계속 얼음 위를 미끄러져 갔다. 충격이 컸는지 여자애는 일어나지 못했다.

"가 볼까?"

여자애에게서 눈을 떼지 못한 채 구급차를 부르겠다며 호들갑을 떠는 루크를 말렸다. 가만히 누워 있던 여자애가 몸을 돌리더니 두 손에 얼굴을 묻고 한참을 얼음 위에 엎드려 있었다. 우리는 여자애가 괜찮다는 것을 직감적으로 알았다. 제법 강렬한 첫인상이었다.

천천히 얼음 위로 내려온 여자애는 제대로 몸을 푸는 대신 어깨와 손을 두어 번 털더니 바로 속도를 내며 얼음 위로 미끄러져 나갔다. 우리 기억이 맞다면 지금쯤 점프를 뛰어야 했다. 그러나 여자애는 도약하려던 순간에 움찔거렸다. 도약조차 제대로 해내지 못했다.

"쟤, 그 뒤로 점프 안 뛰지? 트라우마인가?"

루크의 말을 등 뒤로 흘리며 나는 마무리 운동으로 호수를 크게 돌며 스케이트를 탔다. 안 보는 척했지만 나 역시 여자애를 훔쳐보았다. 점프를 뛰지 않으면서 매번 호수에 나오는 저 애의 속내가 이유 없이 내 신경을 건드리기 시작했다.

2 밤에는 어디든

창밖을 바라보며 기지개를 켰다. 오른쪽 어깨에서 소리가 났다. 연습 게임 때 카일과 부딪힌 이후로 오른쪽 어깨가 불편했다. 더러운 방식으로 보디 체크를 해 오는 녀석을 좀 더 영리하게 막지 못한 내 잘못이었다. 어깨를 천천히 돌리자 우두둑 소리가 났다. 참을 만한 통증이 잠깐 일었다. 무리와 희희낙락거리던 카일이 내 쪽으로 시선을 돌리더니 입술 끝을 말아 올리며 웃었다. 호의라고는 눈곱만치도 없는 표정에 정나미가 떨어질 법도 하지만 어차피 카일과 나 사이에 쌓인 정 따위는 없으니 상관없다.

"시험 준비는 어때?"

루크가 내 시선을 카일에게서 떨어뜨렸다. 루크의 행동이 무엇을 의미하는지 잘 알고 있다. 고교 리그 8강전이 코앞으로 다가온 지금 괜한 마찰로 출전 정지라는 중징계라도 받으면 손해는 고스란히 내 몫이었다.

"시험이 시험이지."

"다온, 넌 꼭 그렇게 무성의하게 대답하더라."

"빙판 위 두뇌 싸움에서 밀리지 않을 만큼의 성적은 받았어."

제임스 감독은 자기 선수가 B 학점 아래면 경기에 세우지 않았다. 자존심 문제라고 했다. 머리 빈 인간을 주전에 세우는 건 전략 없이 몸으로만 밀어붙이겠다는 뜻이라고.

감독 말에 전적으로 동의한다. 길이 60미터, 너비 30미터의 경기장을 빠르게 움직이는 퍽만 보고 무작정 누빌 수는 없는 노릇이다. 몸싸움을 줄이면서 최대한 많은 골을 넣으려면 빠른 스케이팅 실력은 기본이요, 최소한의 동선으로 상대편 골라인을 향해 전략적으로 움직여야만 한다. 몸의 에너지를 효율적으로 쏠수록 승리에 가까워지는 것은 진리였다.

"가자, 배고프다. 훈련 전에 뭐라도 먹어야겠어."

가방을 챙기다가 창밖으로 그 애를 보게 되었다. 영하의 날씨에도 불구하고 밤의 여왕은 목도리도, 모자도 쓰지 않았다. 잔머리 하나 없이 깨끗하게 빗어 올린 머리 아래로 빨갛게 물든 귓불과 목덜미가 드러났다. 털모자를 눌러 쓰고도 잔뜩 움츠리고 지나가는 아이들 사이로, 가슴을 펴고 고개를 바싹 든 채 유유히 걸어가는 모습을 주시했다. 어떤 것도 읽어 낼 수 없는 뒷모습이었다.

밸런스 보드 아래로 땀이 흥건했다. 카일은 밸런스 보드 위에서 스쾃을 하는 나를 볼 때마다 비아냥대기 바빴다. 어린애 장난 같은 짓을 천 개씩 해서 다리 힘을 빼느니 스케이트나 제대로 타라고 말했다. 하지만 하체 힘을 키워 놔야 어떤 상황에서도 스케이팅이 흔들리지 않는다. 발아래를 내 뜻대로 제어하지 못하면 빙판 위에서 한순간에 무너질 수 있다.

"용건만 말해."

카일과 내가 사적으로 대화라는 걸 나눌 사이가 아니라는 것은 세상 사람들이 다 아는 사실이다.

"제임스 감독 호출."

수건으로 밸런스 보드에 떨어진 땀을 닦았다. 땀자국을 문지르며 가만히 생각했다. 내가 다음 경기에 뛰지 못할 짓을 한 게 있던가. 아무리 머리를 굴려도 떠오르는 감점 요인이 없었다.

"왜 따라와?"

"내가 너 좋아서 이러냐? 나도 같이 호출이야."

카일의 얼굴이 일그러졌다. 같은 팀이지만 나를 못 잡아먹어서 안달 난 녀석이었다. 어디서부터 꼬였는지 고민할 필요도 없는 관계였다. 그냥 처음 본 순간부터 앙숙이었으니까.

같은 포지션을 두고 끝나지 않을 경쟁을 하는 건 둘째 치고 녀석은 내 존재 자체를 싫어했다. 동양인에게 아이스하키는 태생적으로 맞지 않다고 했다가 인종 차별 발언으로 학교에서 징계를 받은 뒤로 나를 더욱 경멸했다. 무엇이 문제인지 알면서도 우스운 자존심인지 근거 없는 우월감인지, 제 잘못을 타인에게 뒤집어씌우는 인간들이 세상에는 늘 있다.

감독실 문 앞에서 녀석과 내가 동시에 손잡이를 잡았다.

"엿 같네."

꽉 다문 잇새로 카일이 욕설을 내뱉었다. 되받아치는 대신 나는 손잡이를 밀었다. 제임스 감독이 우리 둘을 번갈아 보더니 한마디했다.

"신경전은 2주 뒤에 있을 상대 팀과 해라. 너희 둘은 쓸데없는 데 힘을 쏟는 경향이 있어."

나는 제임스 감독이 카일과 나를 다루는 방식이 마음에 들지 않았다. 일종의 심리전이었다. 필요 이상의 경쟁을 붙이고 발전시키려는 의도는 이해하지만 카일과 내게 먹힐 방법이 아니었다. 끊임없이 악 대 악으로 서로를 치받게 만들었으니까.

"2주 뒤가 이번 리그 결승전이나 다름없는 건 알고 있지?"

올해 리그가 우승으로 끝나느냐 망하느냐가 이번 경기에 달린 셈이다. 긴장했는지 온몸의 근육이 팽팽하게 조이는 기분이었다. 특히 왼쪽 허벅지 뒤쪽이 뻐근했다. 밸런스 보드에서 왼발로 바꾸는 순간 삐끗했던 것 같다.

"한 번도 너희한테 팀워크에 대해 떠든 적이 없지. 아이스하키에서 팀워크는 기본 중의 기본이니까. 그런데 이번만은 그 기본, 절대 잊지 마. 특히 카일과 다온. 난 내 팀에서 포워드끼리 개꼴 나는 건 못 봐. 딴 놈도 아니고 너희끼리 보디 체크 하거나 신경전 따위 벌였다간 두 번 다시 링크에 못 설 줄 알아."

리그 초반에 있었던 다툼이 오버랩되었다. 누구 탓을 하고 싶은 마음은 없다. 카일이 내게 갖고 있는 감정이 어떤지 알면서 녀석의 도발에 넘어간 내가 어리석었다.

"스틱 좀 다룬다고 캐나다 국가대표라도 될 것 같냐? 넌 피가 달라."

상대 선수와 거칠게 몸싸움을 해도 시원찮을 마당에 나는 카일과 빙판 위를 나뒹굴었다. 2피리어드를 막 시작한 직후였다. 팀의 포워드 셋 중 둘이 멱살잡이하다니, 경기는 엉망이었다. 우리를 갈라놓은 건 루크였다. 골리의 본분을 저버리고 헬멧까지 벗어 던진 뒤 상대 진영 엔드존까지 한달음에 달려온 루크가 우리 둘을 떼어 내려고 안간힘을 썼다. 그리고 그때 내 팔꿈치에 루크의 앞니가 날아갔다.

"다온, 이것 가져가라."

나가려는데 제임스 감독이 나를 불렀다. 뒤돌아서자마자 무언가가 날아왔다. C 패치였다. 팀의 주장만이 가슴팍에 부착할 수 있는 상징.

"두 번 다시 얼음 위에서 균형을 잃으면 안 돼."

손에 받아 든 패치를 꽉 움켜쥐었다. 정상에 서겠다는 꿈이 바싹 다가오고 있었다.

올겨울 첫눈이 내렸다. 어둠을 뚫고 새하얀 눈이 떨어졌다. 루크가 고개를 들고 밤하늘을 향해 혀를 내밀었다. 입을 벌리고 눈을 받아먹는 루크의 표정이 행복해 보여서 나도 고개를 들어 따라했다. 고된 야간 연습 끝에 마주한 하얀 눈이 달게 느껴졌다.

"다온, 보디 체크에 목숨 걸지 마. 페이스오프 날려도 괜찮아. 퍽은 언제든 가져올 수 있어."

오늘 낮 연습 경기 중에 5분짜리 강한 페널티를 연달아 먹었다. 감독의 욕설보다 3피리어드를 망친 것이 더 참기 어려웠다. 연습 경기에서 상대 팀으로 뛴 카일에게 득점 기회를 고스란히 상납한 꼴이었다. 흥분하는 나에게 진정하라고 소리치며 골라인을 벗어난 루크 역시 감독에게 깨졌다.

"뜨겁게 뛰더라도 냉철하게 판단하라고. 네 뒤에 내가 있으니까 걱정할 거 없잖아?"

내일은 달라질 거라고, 더 나아질 거라고 확신에 찬 어투로 내 마음을 다독이더니 루크가 먼저 발길을 돌렸다.

"굿나잇."

인사는 언제나 루크의 몫이었다. 나는 제 갈 길을 가는 루크의 뒷모습을 물끄러미 지켜보는 것으로 인사를 대신했다. 우리만의 오랜 인사법이었다.

차가운 밤공기에 땀이 식었다. 몸에 진동하던 땀 냄새가 밤바람에 잦아들었다. 집까지 천천히 걸었다. 눈을 맞으며 실수를 되짚어 볼 시간이 필요했다.

도로 옆으로 단풍나무 공원이 나타났다. 집으로 가는 지름길이었지만 밤에는 위험했다. 두 달 전쯤 그곳에서 한국인 유학생 하나가 강도를 당해 의식 불명이라는 소문이 돌았다.

둘러멘 하키 가방과 스틱을 추스리며 걷는데 뒤에서 인기척이 들렸다.

"여기, 위험해?"

그 애였다, 밤의 여왕. 밤에 혼자 길에 나와 있는 애의 질문치고는 당돌했다. 나는 대꾸하지 않았다. 어처구니없는 질문에 대답할 만큼 난 친절한 놈이 아니다.

"그…… 스틱은 호신용으로도 좋겠지?"

대답 대신 나는 하키 스틱을 꺼내 들었다. 입을 여는 것조차

피곤한 날이었다. 물끄러미 하키 스틱을 보던 여자애는 다시 걷기 시작했다. 커다란 트렁크를 끌고 한 손에는 핸드폰으로 뭔가를 확인하면서 걷는 게 위태로워 보였다. 어깨 너머로 훔쳐보니 지도 앱으로 검색 중이었다.

"도와줄까?"

그 애는 정확한 내 한국어에 흠칫거렸다. 나는 못 본 척하며 그 애가 보여 주는 주소에 시선을 고정했다.

"고마워. 실은 내가 심각한 길치거든."

다행히 내가 아는 주소였다. 우리 집에서 바로 두 블록 위였으니까.

간간이 차가 지나가는 소리만 울렸다. 오가는 대화는 없었지만 딱히 불편하지 않았다.

"여기야."

빨간 벽돌집 앞에서 걸음을 멈췄다. 길을 되돌아 집으로 가려는데 손 하나가 불쑥 다가왔다.

"고마워. 난 주해인이야."

나는 고개를 끄덕였다. 내 이름을 말해 주지 않자 주해인의 오른쪽 눈썹이 살짝 씰룩거렸다. 내가 가만히 서 있자 주해인이 내 손바닥 위에 작은 사탕 하나를 올려놓았다. 한인 마트에서도 본 적 없는 생강엿이었다. 생강엿에 대한 보답은 해야 될 것 같은 밤이었다.

"밤에는 어디든 위험해."

현관문을 열고 들어가려는 주해인을 향해 외쳤다. 새 이웃이 내 삶으로 들어온 순간이었다.

루크는 이블린의 에스오에스를 두고 뻔히 속이 보인다고 놀렸다. 나 역시 알아챘지만 네 꿍꿍이 다 안다고 노골적으로 굴어서 이블린을 당황하게 만들고 싶지는 않았.

길 건너가 이블린네 집이었다. 초인종을 누르는 대신 초록색 현관문을 두드렸다.

"갠 네가 초인종을 누르기도 전에 현관문 앞에 대기하고 있을걸?"

언젠가 이블린네 현관문이 열리는 속도를 목격하고 루크가 내게 확신에 찬 어조로 건넨 말이었다. 이번에도 기다렸다는 듯 현관문이 열렸다.

"어디야?"

지금 내 관심사는 고장 난 전등이 있는 위치였다. 문제만 해결해 주면 끝이다. 그러나 이블린은 나와 생각이 다른 모양이었다.

"다온, 저녁 먹었어?"

"아직 4시밖에 안 됐어. 부엌이야?"

부엌 쪽으로 발길을 돌리려고 하자 이블린이 내 팔을 붙잡았다. 그리고 위층을 가리켰다. 나는 이블린을 빤히 쳐다보았다. 예전에 자기 방을 구경시켜 주겠다면서 날 2층으로 불러서 고백 이벤트를 벌인 맹랑한 애가 이블린이었다.

"바보 같은 이벤트는 더 이상 안 한다고! 진짜 2층 서재에 불이 안 들어온다니까. 친구가 봐 준다고 했는데 아무래도 무리야."

이블린은 엄마와 단둘이 살았다. 추억이 가득한 이 집을 지키기 위해 사라 아줌마는 불철주야 일에 매달렸다. 언젠가 사라 아줌마는 징글징글한 추억 때문에 밤낮없이 일하는 게 억울하지만 이블린에게는 달콤한 시절로 기억되니 다행이라고 했다. 딸을 위해 최선을 다하는 사라 아줌마가 대단해 보였지만 정작 이블린은 엄마가 자신을 방치한다고 불평했다. 그래서일까. 이블린은 툭하면 날 불러 댔다.

"이쪽이야."

손잡이를 잡으려는 찰나 방문이 열렸다. 그 애였다. 이블린이 말한 이웃에 새로 왔다는 홈스테이 학생이 주해인이라니. 여기에서 만나리라고는 예상하지 못했다.

"우리 구세주를 데려왔지. 인사해, 얘는 주해인. 이쪽은 이다온."

이블린은 내게 주해인을 소개했다.

우리는 서로 모른 척, 마치 처음 본 사람처럼 어색하게 눈

인사를 나눴다. 밤의 여왕이 낯선 학교에 혼자 서 있던 풍경이 떠올랐다. 집으로 돌아오는 길도 혼자였을 것이다. 이블린도 그 밤의 나처럼 이 애를 발견했겠지. 주해인에게 이블린이 어떤 표정으로 웃어 줬을지 훤했다. 누구에게나 스스럼없이 제 모습을 드러내고 다가가는 이블린의 환한 모습에 이 애도 홀리듯 따라왔을 테지.

나는 말없이 책상 의자를 등 아래로 갖다 놓았다. 신발을 벗고 의자 위로 올라가려고 하자 주해인이 나를 빤히 쳐다보는 게 눈에 들어왔다.

의자 위로 올라가 등을 찬찬히 살폈다. 단순히 전구가 나간 상태였다. 이블린 혼자서도 충분히 할 수 있다는 것을 안다. 그리고 이블린이 왜 일부러 나를 불렀는지는 더더욱 잘 안다.

이블린이 새 전구를 가지러 창고로 내려간 사이 나는 의자에서 내려와 창가에 섰다. 서재에서 길 건너편 우리 집이 보였다. 단풍나무에 가려 잘 보이지 않을 거란 예상과 달리 내 방이 훤히 드러났다.

등 뒤에서 부스럭대는 소리가 들렸다. 돌아보는 순간 감자칩을 꺼내는 주해인과 눈이 마주쳤다. 스케이트가 들어 있는 운동 가방에서 감자칩이 나올 줄은 꿈에도 몰랐다. 칼로리에 목숨 걸며 체중 조절에 신경 써야 하는 종목을 뛰는 애가 작은 감자칩 봉지를 소중하게 들고 있는 모양새가 우스웠다. 주해인이 내게 감자칩 하나를 건넸다.

"밤에는 어디든 위험해."

주해인이 말했다. 밑도 끝도 없는 말이었다.

주해인은 기억하고 있었다. 밤의 어둠 속을 천천히 걸어 홈스테이하는 집에 데려다주던 날 내가 건넸던 말을.

이블린이 계단을 올라오는 소리가 들렸다. 무슨 비밀도 아닌데 나는 재빨리 주해인의 손에서 감자칩을 낚아채듯 집어 입안에 쑤셔 넣었다.

3 스위치 OFF

　퍽을 날렸을 뿐이었다. 스틱에 퍽이 맞는 순간, 온몸에 전율이 일었다. 상대편 골리는 내 퍽을 막지 못했다. 환호성과 함께 전광판 스코어를 확인하려던 찰나, 내게 날아든 것은 상대편 공격수의 욕지거리였다. 페이스오프 때부터 유난히 내 신경을 긁어 대던 녀석이었다.
　"네 나라로 꺼져!"
　스틱으로 펜스를 강하게 내리쳤다. 조롱하듯 눈을 가늘게 뜬 상대방 공격수를 본 이상, 나는 페널티 따위에 주춤거리는 인간이 될 수 없었다. 내 두뇌는 모욕을 견디도록 학습되어 있을지 모르지만 내 근육은 모욕을 견디기에 역부족이었다.

"개새끼!"

심판이 오기도 전에 나는 녀석에게 욕을 하며 주먹을 날렸다. 스케이트보다 날카롭게 마음에 날이 섰다.

심판이 한데 엉킨 우리에게 달려들었다.

"Stop! Stop it!"

입안이 터졌는지 피가 목구멍으로 흘러 넘어갔다. 피비린내가 콧속에 확 퍼졌다. 잘못 맞았는지 귀가 먹먹했다. 심판이 나를 향해 뭐라고 떠들어 댔지만 무슨 말을 하는지 들리지 않았다. 우리 팀원들은 불구경하듯 보고만 있었다. 섭섭하지는 않았다. 한 팀이어도 난 늘 빙판 위에서 혼자 싸웠다. 루크만 벤치에서 고래고래 소리를 지르고 있었다. 유일한 아군인 루크는 페널티 벤치 신세라서 꼼짝할 수 없었다. 골리가 페널티를 먹다니. 이번 경기는 그만큼 치열했다. 모두의 아드레날린이 미쳐서 날뛰었단 증거였다.

"내 말, 이해하겠니?"

이제 심판까지 날 머저리 취급이었다. 누굴 알파벳도 모르는 바보라고 생각하는 걸까. 아이스하키 하는 아시아 소년을 바라보는 시선에서 질리도록 익숙한 장벽을 느꼈다. 나는 아주 느리고 천천히, 그러나 분명한 발음으로 말했다.

"Fuck you!"

심판의 얼굴이 천천히 일그러졌다. 나에게 향해 있던 새파란 눈동자가 차갑게 식어가는 것이 보였다. 심판의 손가락이 경기장 밖을 가리켰다.

불리한 판정들이 나를 향해 날아왔다. 나는 변명하지 않았다. 나 자신을 방어하지도 않았고 비겁하게 굴지도 않았다. 무슨 말을 하든 나는 온전한 승리자가 될 수 없는 인간이었다. 이민자의 아들. 이 땅에서 내가 얻은 또 다른 이름이다. 대놓고 무시하는 인간도 있고 뒤에서 무시하는 인간도 있다. 우리는 모두 동등한 인간이라고 하지만…… 글쎄다. 인종 차별을 운운하면 모두 경악스러운 표정을 감추지 않지만 이방인으로 살면서 나를 괴롭힌 건 과연 몇이나 날 동등한 인간으로 보는가 하는 물음이었다.

아버지는 말했다. 세상 어디든 똑같고 세상 어디든 불평등은 존재한다고. 그런데 나는 아팠다. 늘 상처받고 움츠러들었다. 그래서 아이스하키를 시작했다. 기죽지 않고 이 땅의 인간들이 가장 열광하는 스포츠의 중심에 서서 당당히 웃어 보려고 노력했다.

스틱이 얼음판 위에 널브러져 있었다. 숨을 몰아쉬며 부러진 스틱을 노려보았다. 쉽사리 호흡이 돌아오지 않았.

'스틱 대신 내 뼈가 부러졌으면 더 나았으려나?'

펜스 밖 코치와 눈이 마주쳤다. 입 밖으로 내지 않았을 뿐 코치는 날 죽이고 싶은 심정일 것이다. 막상막하인 경기에서

3피리어드의 10분을 남기고 이 사달이 났으니 이번 경기를 가져오기란 틀렸다. 실망했을 제임스 감독의 뒷모습이 가물거렸다.

'스위치 오프.'

눈가가 찢어졌는지 끈적한 액체가 시야를 가렸다.

라커 룸에 들어오자마자 나는 엘보 가드를 바닥에 내던졌다. 숨을 몰아쉬며 몸에서 장비들을 하나씩 떼어 냈다. 몸을 옥죄는 모든 것들과 안녕이다. 숄더 패드를 떼어 바닥에 내려놓자 비로소 어깨가 한결 가벼워졌다.

벽에 천천히 등을 기댔다. 바짝 밀어 버린 머리로 와닿는 벽의 차가움에 터질 것 같던 심장이 서서히 잦아들었다. 참았던 한숨이 터져 나왔다. 몇몇이 인사치레로 별일 아니니 기운 내라며 입에 발린 소리를 건넸다. 제임스 감독은 내 쪽으로 고개조차 돌리지 않고 라커 룸을 나가 버렸다. 욕설이라도 퍼부었으면 내 마음이 가벼웠을까. 하지만 그는 날 투명 인간 취급했다. 시합 전까지 조언을 아끼지 않았던 감독에게 '빅엿'을 날린 건 나였다.

'두 번 다시 얼음 위에서 균형을 잃으면 안 돼.'

얼음 위에서 균형을 잃은 것도 나다. 전부 내 책임이었다. 땀이 서서히 식어 갔다. 팔뚝으로 이마와 눈가를 훔쳤다. 경기

전 가슴팍에 부착했던 C 패치가 사라지고 없었다. 주장 자리에 집착한 건 아니지만 막상 패치가 뜯겨 사라지고 나니 서운함을 넘어 서러움이 밀려왔다.

루크가 초코바 하나를 내 무릎 위로 던졌다.

"온, 플리즈 스위치 온!"

루크는 종종 나를 '다온'이 아닌, '온'이라 불렀다. 경기장 안으로 들어설 때면 녀석은 내게 "스위치 온, 레디?"라며 피리어드의 시작을 알렸다. 이제 이런 농담도 끝났다. 나는 눈을 감은 채 말했다.

"루크, 이제부터 스위치 오프야. 난…… 끝났어."

오늘 경기를 마지막으로 나는 이번 시즌 모든 경기에서 제명되었다.

영상을 몇 번이고 돌려 봤다. 경기가 끝났다고 인생까지 끝난 건 아니니까. 억울하다고 푸념하는 건 내 방식이 아니다. 수비 라인에서 커버 업 할 때부터 상대편 녀석은 과하다 싶을 정도로 날 몰아붙였다. 보디 체크도 상식선을 넘어설 정도로 과격했다. 아무리 아이스하키가 격렬한 스포츠라고 하지만, 저 빌어먹을 녀석은 쓰레기였다. 라커 룸에서 빠져나오면서 그제야 왼쪽 팔꿈치가 심상치 않다는 것을 느낀 나도 둔한 인간이었다.

전치 4주의 부상과 시즌 아웃. 그게 이번 경기에서 내가 얻은 결과였다. 방 안에 틀어박혀 내리 이틀을 죽은 듯이 잠만 잤다. 결석은 당연했다. 부상을 핑계로 한껏 늘어져서 침대와 혼연일체가 되기로 마음먹었다.

"하, 영원히 깨지 않는 게 나을까, 깨고 나면 다시 경기 전으로 돌아가는 게 나을까?"

가만히 노트북 모니터만 보고 있자니 졸음이 몰려왔다. 베개를 끌어안고 반복되는 영상 소리를 자장가 삼아 눈을 감았다. 빙판 위를 거칠게 가르고 지나가는 파열음이 귓가에 맴돌았다.

악몽이었다. 여태껏 가위에 눌린 적이 없었는데 요즘은 잠들면 똑같은 장면이 반복해서 나타났다.

아무도 없는 경기장이 눈앞에 펼쳐진다. 얼음 위를 찢는 파열음이 쉴 새 없이 들린다. 빙판 위에 선 사람은 없는데 사방으로 튄 얼음 조각과 갈기갈기 찢긴 빙판 위의 흔적이 지금 내 모습 같았다. 사삭, 스케이트 날이 얼음을 벼리고 지나가면 칼날에 심장이 베이는 듯한 느낌에 몸서리치게 된다. 단단하지만 작은 접촉에도 쉽게 찢기는 얼음판처럼 나 자신이 한없이 약하게 느껴졌다.

"다온, 이다온!"

아버지였다. 다정하지도 거칠지도 않은 손길이 나를 흔들어깨웠다.

"진료 시간에 늦겠다."

건조한 음색이었다. 아버지의 시선이 창밖에 머물렀다. 팔꿈치가 박살 난 지금, 적어도 아버지의 시선이 내 깁스한 팔꿈치에 가 있을 거라 생각한 건 내 오판이었다.

나는 묻고 싶었다.

'진료 시간에 늦어서 제때 치료를 못 받을까 봐 걱정이에요, 아니면 가게 오픈 시간에 늦는 게 싫은 거예요?'

그러나 나는 질문하지 않았다. 쓸데없는 짓임을 잘 알고 있으니까. 캐나다에 온 뒤로 아버지는 단 하루도 쉬는 법이 없었다. 누구보다 일찍 일어나고 누구보다 늦게 잠들면서 자신의 가게를 꾸렸다. 쇼핑몰 안에 있는 프랜차이즈였지만 아버지는 카페를 차리고 나서 처음으로 다리를 뻗고 코를 골며 잤다고 엄마가 말했다. 엄마는 다소 상기된 모습으로 내게 비밀을 털어놓듯 속삭였다.

"이제 네 아빠가 애벌레처럼 웅크리고 쪽잠 자는 꼴 안 봐도 되나 봐."

그러나 엄마의 바람은 오래가지 못했다. 가게를 열고 첫 크리스마스를 앞두고 교통사고가 있었다. 쇼핑몰 근처 사거리에서 생긴 추돌 사고였다. 엄마는 그 자리에서 목숨을 잃었다. 엄마는 크리스마스에 새 아이스하키 스틱을 사 주겠다고 약속했었다. 사고 현장에서 두 동강 난 스틱이 발견되었다. 엄마는 나와의 약속을 지켰다. 내 도전을 응원하겠다는 약속을 마지막 순간까지 잊지 않았던 것이다.

"다온아, 이제 우리 가족 승승장구하는 일만 남았나 보다."

새 가게, 새집으로의 이사, 그리고 나의 새 아이스하키 스틱까지. 엄마는 행복한 하루하루가 기다리고 있을 거라고 확신에 찬 말투로 말했다. 그런데 정작 그 행복한 하루를 함께 누릴 당신의 자리를 잊었던 것일까?

작은 프랜차이즈 카페는 아버지를 더 메말라 가게 했을 뿐이다. 쇼핑몰 안에 계속 새로운 카페들이 생겨났고, 빚으로 차린 가게는 아버지의 단잠을 빼앗기로 작정한 듯 위태로웠다. 아버지는 그 위태로움을 같이 짊어지자며 가족에게 손을 내미는 사람이 아니었다. 늘 깨끗했던 아버지의 앞치마는 점점 더 낡고 더러워졌다.

아버지는 엄마를 대신해 똑같은 모델의 아이스하키 스틱을 사 주었다. 가게를 처음 오픈하고 틈만 나면 가게로 달려갔던 나는 차츰 발걸음을 끊었다. 아버지를 응원하는 방식은 아버지 가게를 돕는 게 아니라 빙판 위에서 나를 더 혹독하게 단련시키는 것이라고 믿었으니까.

병원으로 가는 차 안에서 아버지는 나에게 아무것도 묻지 않고 운전에 집중했다. 하긴, 모든 커리어를 망친 아들에게 괜찮냐고 묻는 것도 코미디였다.

구름 한 점 없는 하늘 위로 새들이 무리 지어 날았다. 요란한 클랙슨 소리와 함께 갑자기 몸이 앞으로 쏠렸다. 끼어든 차를 피하느라 급정거하는 바람에 벌어진 일이었다. 깁스한 팔이 욱신거렸다.

"야, 너는 발로 운전하냐!"

창문을 열고 아버지가 악을 썼다. 한국어로 고래고래 소리를 지르는 모습이 인상적이었다. 다친 곳은 머리가 아닌데 주체할 수 없이 웃음이 터졌다. 내 안에 이렇게 많은 웃음이 있었는지 나조차 몰랐다.

"운전을…… 흠, 발로 하지."

아버지는 나를 돌아보지 않았다. 전방을 주시하며 더 신중히 차를 몰았다. 나도 아버지를 힐끔거릴 뿐 대놓고 보지 않았다. 서로를 위하는 최소한의 배려였다.

눈을 뜨니 밤의 적막이 포근한 이불처럼 내 몸 위로 내려앉아 있었다. 열어 놓은 창문 탓에 커튼이 바람에 휘날렸다. 냉랭한 밤공기에 정신이 맑아지는 기분이었다. 나는 미적대며 침대에서 일어나 앉았다.

반삭의 머리가 제법 자랐다. 나는 경기를 앞두고 늘 거울 앞에 서서 머리를 바짝 밀었다. 나름의 의식이었다. 조금이라도 몸을 가볍게 만들어 얼음 위에서 날아다니고 싶은 욕심도 있었다. 경기장 안에 들어설 때마다 짧게 밀어 버린 내 머리를 루크가 쓰다듬었다. 그럼 비로소 나는 헬멧을 썼다. 하나의 루틴이었다.

의자 위에 널어 놓은 후드 티를 뒤집어썼다. 운동화 끈을 단단히 묶고 집을 나섰다. 습관처럼 달리기 시작했다. 들이마시는 찬 공기에 폐가 얼얼했다. 가로수가 즐비한 길을 따라 바다로 향했다. 꽤 먼 거리이긴 했지만 야심한 시각 홀로 뛰는 기분이 나쁘지 않았다. 체온이 서서히 올라가고 이마와 목덜미, 등줄기를 따라 땀이 솟았다. 탁, 탁, 탁 발로 바닥을 차는 소리가 낮게 울렸다. 깁스를 한 팔꿈치가 거슬리긴 했지만 괜찮았다.

"강해지려면 달려야 한다. 천천히 말고 빠르게."

처음 아이스하키 스틱을 손에 쥐어 주던 아버지의 말이 가슴께에 묵직하게 내려앉았다.

"복수하고 싶어요."

아이스하키를 하겠다고 처음 마음먹은 날, 아버지한테 꺼낸 말이었다. 동네 아이들 중에 내 친구는 없었다. 같이 어울리나 싶다가도 결정적인 순간에 "너랑 안 놀아."라며 돌아섰다. 그 시절 나는 버려지는 기분을 하루에도 여러 번 맛보았다. 대놓고 인종 차별을 하지는 않았지만 알 수 있었다. 동네 사람 대다수가 백인이던 동네였다. 가느다란 팔다리는 애들의 놀림감이 되었다. 함께 놀다가도 툭 건드리면 쉽게 넘어졌으니까.

이곳 아이들은 걸음마를 떼자마자 스케이트를 신었다. 나는 그들보다 늦었지만 그들보다 빨리 배워서 이기고 싶었다. 아무도 나를 함부로 하지 못하게 그들의 방식으로 앞지르고 싶은 마음뿐이었다.

달리는 속도를 줄였다. 바다가 가까워졌다. 비릿한 내음이 몰려들었다. 운동화를 벗고 모래사장을 배회했다. 걷다 뛰기를 반복했다.

파도 소리를 듣고 있자니 졸음이 몰려왔다. 풀썩, 모래 위에 앉았다. 달이 훤한 밤이었다. 한국에서도 이 달을 볼 수 있겠지? 모래 위에 천천히 몸을 뉘었다.

'루저 새끼! 넌 이미테이션이야. 스틱 좀 휘두른다고 아이스맨이 될 순 없지. 알겠냐, 노란 원숭이?'

노란 원숭이라니! 언제 적 욕설이란 말이냐. 빙판 위에 섰던 수많은 날들, 스틱을 휘둘러 퍽을 날리는 횟수보다 훨씬 더 많은 수의 비아냥을 꾹꾹 눌러 삼켜야만 했다. 하지만 그들을 누르려면 실력이 필요했다. 무엇보다 그들이 최고로 치는 스포츠에서 일인자가 되는 것으로 나는 나를 증명하고 싶었다.

"너, 뭐냐?"

시선 끝에 작은 생명체 하나가 걸렸다. 새끼 거북이었다. 모래 구덩이 밖으로 나오려고 발버둥치고 있었다. 사투에 가까운 녀석의 몸부림에 허탈한 웃음이 나왔다. 아마도 녀석은 낙오자일 것이다. 모래사장 어디에도 녀석과 비슷한 새끼 거북의 모습은 보이지 않았다.

"너도 루저냐? 앞발에 더 힘을 줘야지, 거북아."

나는 새끼 거북을 향해 후, 하고 입김을 불어 주었다. 녀석의 작은 등을 덮은 모래가 떨어졌다. 비록 아주 적은 수의 모래 알갱이일지라도 새끼 거북의 등딱지에서 떨어져 나간다면, 녀석의 발걸음이 조금은 가벼워지지 않을까? 급기야 나는 밤하늘에 울려 퍼지도록 구령을 외치기 시작했다.

"하나, 둘, 하나, 둘!"

타고난 운동 신경이 꽝인 모양이었다.

"네가 왜 여태 이 구덩이에서 이러고 있는지 알겠다. 인간 형아 찬스 좀 써 볼래?"

좀 더 쉽게 나오라고 검지로 모래 구덩이의 턱을 살살 긁어 야트막하게 길을 터 줬다.

"우리 친구, 힘내라."

나는 손을 털고 일어나 맨발에 묻은 모래를 털고 운동화를 신었다. 흘끔, 구덩이를 쳐다봤다. 작은 거북은 고전을 면치 못하고 있었다. 다치기라도 했는지 녀석의 움직임이 심상치 않았다. 작은 발이 뭉개져 있었다.

이 정도로 기다려 줬는데도 구덩이 탈출에 실패한 것을 보면 녀석은 동이 트기 전에 포식자의 먹잇감으로 생을 마감할 것이 분명하다.

"너, 나랑 갈래?"

내 말귀를 알아들었는지 버둥대던 작은 거북이 꼼짝 않고 바닥에 납작 엎드렸다. 처음 상대편 보디 체크에 당해 차디찬 빙판 위에 널브러졌을 때의 기억이 오버랩되었다. 나도 그때 바닥에 납작 엎드려 있었지, 다음을 도모하면서.

한참 가만히 있던 작은 거북이 날 향해 목을 쑥 뺐다.

"그래, 모든 생명은 소중하니까. 너, 나랑 우리 집 가는 거다."

새끼 거북이 누군가의 밥이 되는 꼴은 못 보겠다. 손바닥 위에 새끼 거북을 올렸다. 작지만 또렷한 움직임에 나는 다시 떨 기운이 났다. 어쩌면 집으로 돌아가는 길이 조금은 단축될 수 있을지도.

4 거북이 아빠

 날이 밝기가 무섭게 거북을 데리고 동물병원에 갔다. 진찰대 위에서 필사적으로 바둥거리는 녀석의 모습이 안쓰러웠다. 아직은 새끼라 연한 등딱지도 보호 장치로는 역부족이었다. 하긴, 내 아이스하키 보호 장비도 날 온전히 지켜 내지 못했지. 심지어 부서진 내 팔꿈치를 보고 있자면 새로 장만한 엘보 패드도 무용지물이었다는 게 증명된 셈이다.
 수의사는 새끼 거북이 멸종 위기의 희귀한 바다거북이란 사실을 알려 주었다. 손바닥 안에 들어올 정도로 작은 녀석이 앞으로 잘만 자라 준다면 제 몸을 200킬로그램까지 거뜬히 불릴 수 있다는 사실까지. 나는 거대한 몸집으로 바닷속을 유유히 누빌 거북의 미래를 상상해 봤다.

"앞발이 기형이구나."

새끼 거북을 진료하던 의사가 덤덤한 목소리로 말했다. 바다로 돌아갈 녀석에게 기형인 앞발은 생존 가능성을 얼마나 떨어뜨리는 일일까? 해초 사이를 누비고 수면에 어른거리는 햇살을 가로지르며 자유롭게 유영할 때 녀석의 앞발은 걸림돌이 될까?

"이 발로 언젠가 바다로 돌아가야 할 텐데……."

"제가 키우면 안 되겠죠?"

의사는 나를 보며 어깨를 한번 으쓱했다. 불가능했다. 녀석의 집은 드넓은 바다였으니까. 하지만 더러 제 집을 떠나 낯선 곳에서 뿌리를 내려야 하는 상황도 받아들여야 하지 않을까? 나처럼.

"진정한 동물 애호가라면 생태계의 질서를 위해서라도 야생동물이 사람 손을 타게 하지는 않겠지?"

어차피 정해진 답이었다. 새끼 거북이 바다로 돌아가 혼자서도 잘 지낼 수 있을 때까지만 돌보기로 약속했다. 그러나 병원을 나서면서 나는 콧방귀를 꼈다.

"동물 애호가 좋아하시네. 그런 건 개나 주라고. 거북이, 넌 나랑 계속 가는 거야. 이런 널 바다로 돌려보낼 수는 없지."

간밤에 녀석을 집에 데려오자마자 나는 거북 키우는 법을 검색했다. 신뢰하기에 미심쩍은 정보들이 난무했지만 날 고스란히 담은 녀석의 까만 눈망울을 보면서 그저 지켜주고 싶다, 생각했다.

등 한가운데 작은 회오리 모양의 무늬가 인상적이었다. 내 책상 위에서 잠시 웅크리고 있던 녀석이 아주 느리게 움직였다. 녀석은 기어서 내 곁으로 다가왔다. 장난삼아 조금 멀찍이 떨어뜨려도 기어이 깁스한 내 팔꿈치 쪽으로 기어 왔다.

"내 팔꿈치가 나을 때까지 내 옆에 있기다."

나는 혼자 중얼거렸다. 작은 거북이 내 상처를 보았다고, 이 작은 친구는 내 아픔을 외면하지 않았다고. 그러니 나 역시 너의 상처를 모른 척하지 않겠다고 다짐했다.

동물병원에서 나오자마자 근처 대형 마트로 갔다. 사료와 작은 수족관, 이런저런 장비들을 구입했다. 그 바람에 얼마 되지 않는 용돈이 날아갔다. 후회는 들지 않았다. 어차피 당분간 집구석에서 뒹굴 예정이라 돈 쓸 일이 별로 없을 테니까.

"헤이, 다온."

이블린이었다. 이블린의 시선이 깁스한 내 팔꿈치에 와닿았다.

"이게 다 뭐야?"

깁스한 팔을 보고 이블린이 호들갑을 떨었다. 옆에는 종이봉투를 양손에 든 주해인이 서 있었다. 내게 던지는 주해인의 눈빛이 무슨 의미인지 가늠할 수 없었다.

"팔꿈치가 박살 났어. 상대 팀 개자식이 인정사정없이 후려치더라고. 별수 없잖아?"

나는 별일 아니라는 듯 어깨를 으쓱해 보였다. 이블린의 놀란 표정은 충분히 예상 가능했다. 가만히 서 있는 주해인을 보자 더 고약하게 굴고 싶은 마음이 일었다. 하지만 오늘은 여기까지만.

"저기, 이블린. 나 먼저 갈게."

주해인은 내 팔 쪽으로는 고개도 돌리지 않고 제 할 말만 했다.

"어, 춥지? 먼저 가."

이블린의 말에 주해인이 손을 흔들었다. 추운데 장갑도 끼지 않고 봉투를 든 손이 도드라지게 빨갰다.

서로 얼굴도 알고, 낯선 동네에서 길도 안내해 주었고, 호숫가 스케이트장에서는 날 지켜보고 있다는 것도 잘 알고 있다. 그런데 매번 낯선 사람 보듯이 구는 이유가 궁금해지기 시작했다. 낯가림이 심한 애일까, 하고 의문을 갖기에는 "여기, 위험해?"라고 묻던 주해인의 목소리는 당찼다.

주차장 쪽으로 가는 주해인의 뒷모습은 흐트러짐이 없었다. 봉투가 제법 무거울 텐데 말이다.

"아이스하키는 다시 할 수 있대?"

이블린이 물었다.

"아이스하키보다는……."

나는 이블린 눈앞에 작은 수족관을 들이밀었다.

"이제 거북이 아빠가 되어 보려고."

"뭐? 거북이 아빠?"

나는 작은 케이지 안에 들어 있던 새끼 거북을 꺼내 이블린에게 인사시켰다.

"다온! 얘, 완전 어리잖아."

녀석의 느리고 작은 움직임에 이블린은 감동한 듯했다. 앙증맞은 앞발을 조심스레 움직이는 모습에 이블린의 눈매가 부드럽게 휘었다.

"아직 이름을 못 지었어."

순간 이블린의 푸른 눈이 반짝였다.

"그럼 내가……."

이블린의 장난스런 눈웃음에 나는 손사래를 쳤다. 이블린의 작명 실력을 아는 까닭이었다. 이블린은 창가의 화초들을 왼쪽에서 오른쪽 순서대로 알파벳 A, B, C로 붙이는 애였다.

"놉! 이름은 내가 직접 지을 거야. 앤 내 새끼니까."

"이름 지으면 나한테 제일 먼저 알려 줘, 다온. 알겠지?"

이블린이 깁스한 내 팔꿈치에 살며시 손을 갖다 댔다. 그것이 이블린만의 응원이자 위로임을 안다. 하지만 늘 그랬듯이 무심하게 모른 척했다.

　온종일 침대에 누워 있자니 없던 병도 생기는 기분이었다. 저녁을 먹다 괜히 울컥해서 포크를 개수대에 던져 버렸다. 놀란 새끼 거북이 여린 등딱지 속으로 몸을 숨겼다.
　깁스는 그 누구의 사인 하나 없이 깨끗했다. 깁스를 하면 누군가 '빨리 나아.'라든가 하다못해 '멍청이, 왜 다쳤냐?' 같은 애정 어린 낙서라도 남기기 마련이다. 입맛은 달아났고 마음은 갈피를 잡을 수 없을 만큼 헛헛했다. 다 식어 빠진 파스타를 먹다 말았는데 속에서는 불이 나는 것 같아 참기가 힘들었다.
　맨발에 슬리퍼를 신고 집 앞으로 나갔다. 아버지는 해가 지기 전에 가게 문을 닫는 법이 없었다. 현관 앞 계단에 앉아 내 발을 관찰했다. 겨울에 패딩 점퍼에 슬리퍼를 신고 다니면 무조건 한국인이라는 루크의 말이 떠올라 피식 웃었다. 발이 시렸다. 추운 건 발가락이지만 패딩 점퍼 주머니에 두 손을 집어넣었다. 눈이 얼어붙은 거리를 바라봤다. 멀리서 작은 점이 움직이더니 점점 낯익은 형체로 다가왔다.
　자리를 털고 일어나 주해인에게 다가갔다. 조용히 다가가 놀래 주고 싶다는 마음이 들어서 나 스스로도 당황스러웠다.
　"연습…… 다녀오는 거야?"

"응."

 대답하면서도 주해인은 걸음을 멈추지 않았다. 대신 속도를 늦추는 것으로 나에게 호의를 보였다. 나는 다리가 아니라 팔을 다친 거라고 말해 볼까 하다가 실없는 인간으로 보일까 봐 그만뒀다.

"밤은 어디든 위험하다고 말한 것 같은데."

"낮도 위험하긴 마찬가지야."

"그렇긴 해."

 순순히 동의하자 주해인이 나를 쳐다봤다. 나는 주해인에게 깁스한 팔을 들어서 보여 줬다. 내 팔이 이 지경이 된 것도 대낮이었으니까.

"집에 올 때 공원 쪽 지름길, 단풍나무 숲으로 와?"

"응."

 그럴 줄 알았다. 공원에서 벌어졌던 사건을 좀 더 극적으로 부풀려서 겁을 췄어야 했나 하는 생각이 들었다. 하긴, 공원은 매혹적인 공간이었다. 눈꽃이 핀 단풍나무로 둘러싸인 숲 곳곳에 이름 모를 나무와 겨울 열매들이 시선을 사로잡았다. 그러나 화려한 것들 사이에는 아무도 모르는 위험이 도사리고 있다.

"그 공원에서 작년에 사고가 있었어. 알바하고 돌아오는 한국 유학생이었는데 누가 뒤에서 둔기로 내리쳤지. 그 바람에

이 일대가 한바탕 난리였어."

"아, 그래."

예상치 못한 반응이었다. 기겁하며 놀라는 것도 아니고 그렇다고 '그래?' 하면서 그 사건을 궁금해하는 것도 아닌, 그냥 예의상 해 주는 무성의한 대답이었다.

"여기까지 온 걸 보면 취미로 타는 건 아닐 테고…… 국대가 목표야?"

나도 인생이 마냥 유쾌하지 않았지만 주해인도 그다지 즐겁지 않은 인생을 사는 것 같았다. 주해인은 피겨 스케이팅 훈련을 위해 혼자 낯선 땅에 와서 지내고 있다. 저 애도 언젠가 올림픽에서 금메달을 목에 걸겠다는 꿈을 위해 오늘의 자신을 갈아 넣는 걸까? 스케이팅을 하는 것 자체만으로 행복한 선수도 있겠지만 저 애의 무표정한 얼굴을 보면 내 대답은 부정적이었다.

"넌 깁스 언제 풀어?"

발걸음을 멈추고 주해인이 나를 돌아봤다. 그러더니 내 팔을 가만히 내려다보았다. 나도 모르게 깁스한 팔을 등 뒤로 숨길 뻔했다. 내가 움찔거리는 걸 눈치챘는지 잇새로 바람 새는 소리를 내며 그 애가 웃었다.

"잠깐만, 팔 이리 줘 봐."

주문에 걸린 듯 팔을 내밀었다. 가방을 뒤적이던 주해인이 펜을 꺼내 깁스 위에 무언가를 끄적였다. 내 팔에 매달려 움직이지 않는 주해인의 까만 머리통을 보고 있자니 심장에 소소하게 온기가 차오르는 기분이었다.

"이게 뭐냐?"

잎맥까지 섬세하게 그린 네잎클로버였다. 작고 귀여운 네잎클로버의 의미는 행운이다.

"잘 가."

쿨하게 인사하고 가 버린 주해인의 뒷모습을 응시했다. 다시 내리기 시작한 눈 위로 주해인의 발자국이 남았다. 작은 새가 다녀간 듯 가벼운 발자국이었다. 하지만 나는 알 수 있었다. 저 애는 이토록 가벼운 발놀림을 위해 빙판 위에서 수없이 연습에 연습을 거듭했을 것임을.

5 새로운 시작

 점심을 건너뛰는 바람에 배 속이 요동을 쳤다. 부엌 다용도실로 가서 과자를 찾아냈다. 한국 마트에서 사 온 과자가 몇 개 남아 있었다. 나는 과자 봉지를 가슴에 안아 들고 방으로 올라갔다.
 "꼬북칩?"
 과자 봉지에 거북이 그림이 그려져 있었다. 거북이, 꼬북이…… 인터넷으로 검색하니 누군가의 블로그에 우스갯소리가 적혀 있었다.
 '남자 친구랑 데이트보다 꼬북칩이 좋다!'
 그만큼 맛있단 뜻인가? 나는 봉지를 뜯어 과자 하나를 입에 넣었다. 바사삭, 입안에서 부서지는 식감이 나쁘지 않았다. 적당한 짭짤함과 고소함이 과자 봉지로 손을 계속 들락거리게 만들었다. 작은 거북이 과자 봉지 주변을 느리게 기었다. 나는 결심했다.

"네 이름은 꼬부기야, 이꼬북."

나는 녀석에게 녀석만의 정체성을 갖게 해 주고 싶었다. 비록 캐나다의 바다에서 태어났지만 나와 인연을 맺은 순간, 녀석은 한국 거북이었다. 한국적인 이름이 필요했다.

꼬부기는 꼬북칩 봉투에 관심이 많았다. 작고 앙증맞은 앞발로 폴리에스테르 재질의 봉지를 살포시 눌렀다. 빠스락, 제법 경쾌한 소리였다. 느리고 작은 동작이었지만 꼬부기는 반복적으로 해내고 있었다.

"옳지, 그렇게 아픈 발을 움직여야 건강해지지. 잘한다!"

녀석의 등딱지를 톡톡 두드려 주었다. 응원의 손길이었다. 내게 필요 없다고 해서 나의 거북에게 응원의 손길을 거둘 만큼 인정머리 없는 놈이 아니다, 난.

팔꿈치는 더디게 아물 모양이다.

오랜만에 간 학교에서 나는 또다시 사건의 주인공이 되어야만 했다. 배고픔을 참지 못한 게 화근이라면 화근이었다. 점심 한 끼 안 먹는다고 죽는 것도 아닌데, 하필 그 때 카페테리아에 갔을까.

"우리 팀에 아시안은 사절이라고 내가 예전부터 말했잖아. 저 자식만 아니었으면 이길 경기였어. 미친놈처럼 날뛰는 바람에 다 이긴 경기를 망쳤다고!"

카일이었다. 스피드는 나보다 달리지만 커다란 덩치 덕분에 보디 체크 하나는 무식할 정도로 우직하게 잘하는 짐승이랄까. 녀석의 머릿속에는 '아이스하키 = 백인들의 스포츠'란 공식이 새겨져 있는 것이 분명했다.

하고많은 자리를 놔두고 녀석은 일부러 내 근처에 자리를 잡고 앉더니 제 점심이 아니라 내 신경을 긁는 일에 더 집중했다. 나를 대하는 한결같은 태도만은 인정해 줘야 한다.

"알아들었으니 그만해."

나는 점잖게 굴었다. 이런 녀석은 상대하지 않는 것이 상책이다. 반도 채 먹지 않은 점심을 포기하고 자리에서 일어났다. 등 뒤에서 카일 무리의 야유가 들려왔지만 나는 꿈쩍하지 않았다. 몸싸움은 빙판에서만으로 충분했다. 힘껏 쥐었던 주먹에서 힘을 풀었다. 대신 깁스 위 네잎클로버를 눈에 담았다.

"하, 참는다, 내가."

꼬부기에게 주려고 챙겨 둔 꼬북칩을 사물함에 넣으려는 찰나, 카일이 뒤따라와 내 어깨를 쳤다. 그 바람에 꼬북칩이 바닥에 떨어졌고 카일의 발밑에서 봉투가 터졌다.

"뭐냐, 이 유치한 과자 봉지는?"

카일의 한마디에, 바닷가 구덩이에서 나오려고 안간힘을 쓰던 꼬부기의 발버둥이 뇌리를 스쳤다.

반사 작용이었다. 깁스한 팔을 들어 카일의 턱을 찍어 올렸다. 비명을 지르며 녀석이 사물함 쪽으로 나뒹굴었다. 우리 둘의 소란에 아이들이 몰려들었다. 나는 더 이상 대놓고 하는 차별에 안 들리는 척, 괜찮은 척하지 않으리라 다짐했다. 더 이상 참을 이유도 못 찾겠다.

"스틱 하나 제대로 못 휘두르면서 아이스하키가 백인들만 하는 스포츠라고 누가 그래? 이 멍청한 새끼야!"

싸움은 외로웠다, 늘 그랬듯이. 알몸으로 빙판 위에 서 있는 것처럼 온몸이 시리고 쓸쓸했다. 얼마나 때리고 얼마나 맞았는지 기억조차 나지 않았다. 눈이 부었는지 시야가 흐렸다. 뒤늦게 달려온 루크가 내 겨드랑이에 손을 넣어 일으켜 세웠다. 루크에게 기대고 싶은 마음이 불쑥 튀어나왔지만 나는 루크의 손을 뿌리치고 혼자 섰다. 걸음은 위태로웠고 눈앞은 안개 속을 헤매는 것처럼 희미했지만 그 누구의 도움 없이 내 발로 서 있으니, 됐다.

정학 처분이 내려졌다. 시즌도 물 건너갔고 학교도 한동안 굿바이였다. 깁스가 깨져 있었다. 주해인이 그려 준 네잎클로버가 보기 좋게 갈라졌다.

거실로 들어온 루크가 운동화를 벗더니 소파에 털썩 주저앉았다. 밖에 비가 내리는지 녀석의 금발이 젖어 있었다.

"헤이, 온! 하루 종일 텔레비전만 보고 있는 거야?"

"멍때리는 것도 한계니까."

루크는 긴 다리를 테이블 위에 올리더니 배고프다고 투덜거렸고 리모컨을 찾는지 소파 쿠션을 뒤적거렸다. 나는 부엌으로 가서 간식을 챙겨 거실로 왔다.

"캐러멜시럽 듬뿍, 맞지?"

내게서 팝콘을 건네받은 루크가 환하게 웃었다. 앞니가 하나 더 날아가고 없었다. 지난주 경기에서 얻은 영광의 상처였다. 잘생긴 얼굴에 앞니가 하나쯤 또 사라졌다고 큰일이야 있을까 싶지만, 루크는 나의 부재가 낳은 결과라며 투덜댔다. 나는 스스럼없는 루크의 분위기가 좋았다. 녀석은 나를 배려한답시고 어설픈 동정심을 보이는 타입이 아니었다. 예를 들어 이번 시즌 경기장에 설 수 없는 내 입장을 고려해 내 앞에서 경기와 관련된 이야기를 피하거나 하는 쓸데없는 짓은 절대 하지 않는다.

"넌 공격수가 아니라 골리야. 너처럼 앞니를 날려 먹는 골리도 드물지. 이 상태로 가다간 스무 살이 되기도 전에 앞니를 다 날릴걸?"

내 말에 루크는 과장된 표정을 지으며 빠진 이를 한껏 드러냈다. 뭐가 그리 신났는지 휘파람까지 불었지만 빠진 이 때문에 바람 새는 소리만 요란했다.

한 주먹 가득 팝콘을 입안으로 쑤셔 넣으며 루크가 소파 옆자리를 손으로 탁탁 두드렸다.

"언제나 말하지만, 다온 너희 집은 정말 좋아. 마음이 편해지거든."

부잣집 막내아들이 할 소리는 아니지만 나는 루크의 말이 진심임을 안다. 나는 루크 옆에 앉아 내 몫으로 가져온 꼬북칩을 뜯었다. 고소한 냄새가 공기 중으로 퍼지자 루크가 텔레비전에서 시선을 돌렸다.

"그 스낵 뭐냐?"

"한국 과자. 넌 그냥 팝콘이나 먹어."

나는 소파 테이블에 올려 둔 꼬부기의 작은 수족관을 들어 무릎에 내려놓았다.

"이게 다 뭐야? 낯설다, 너."

정학을 맞은 뒤로 루크는 방과 후에 우리 집으로 출근 도장을 찍었다. 아버지는 내 상황에 대해 아무 말도 하지 않았다. 엄마라면 정학이라는 말에 애써 울음을 참았으려나? 내 기억 속에 엄마는 어떤 상황에도 우는 법이 없는 사람이었지만. 아버지의 침묵을 어떻게 해석해야 할지 엄두가 나지 않았다. 무관심이라고 하기엔 표정이 묘했고 관심이 있다고 하기엔 너무 조용했다.

"누구나 말 못 할 사정이란 게 있는 법이니까."

아버지의 반응은 이게 전부였다. 그리고 나를 남겨 두고 혼자 주말여행을 떠났다. 도대체 뭐가 불만이냐고, 앞으로 어떻게 할 거냐고 추궁하지도 않고 묵묵히 배낭에 짐을 챙기더니 떠났다. "다녀올게."란 말이 전부였다. 엄마가 있었다면 어땠을까? 알 수 없었다. 엄마는 없으니까. 혼자서 엄마의 반응을 나름 상상해 봤지만 가늠하기 어려웠다.

나는 루크 손에서 리모컨을 빼앗아 채널을 이리저리 돌렸다. 습관이 무섭다더니 무심코 스포츠 채널을 틀었다. NHL 경기 중계가 한창이었다. 채널을 돌리고 싶었지만 애써 참았다. 고등학교를 졸업하면 드래프트 1순위로 지명되어 NHL에 진출하겠다던 내 꿈을 루크가 모를 리 없었다. 루크가 다시 리모컨을 뺏더니 채널을 돌렸다.

"부상만 나으면……."

루크가 아무 일 아니라는 듯 말을 꺼냈다. 나 역시 아무 일 아니라는 듯 루크의 말을 받았다.

"내 팔꿈치는 끝났어, 루크. 다시 스틱을 잡는 일은 없을 거야."

"하지만…… 늘 부상을 달고 사는 게 우리 운명이라고."

나는 꼬부기를 루크에게 보여 주었다.

"난 이 친구와 함께 달릴 거야."

"어디를?"

루크가 나를 빤히 쳐다보았다. 바다를 떠올리게 하는 새파란 눈동자 속에 어색하게 웃고 있는 내가 비쳤다.

"밤을 달릴 거야."

문법에 어긋나는 말이었다. 그러나 지금의 내 심정을 표현하기에 충분하고 적합한 말이 지구상에 있을지도 의문이었다. 스틱과 보호대 없이 달리는 날이 내게도 올 줄이야. 앞으로 내가 달리게 될 길에 빛이라는 게 있을까? 밤의 끝에 도달하면 뭐가 있을지 궁금해졌다. 이대로 어둠의 나락에서 허우적거리는 것은 아닐까? 하지만 지금까지 상황도 내겐 암흑이나 다름없으니 어차피 피장파장이다.

"루크, 난 경기장으로 돌아가지 않아."

몸을 소파 깊숙이 파묻었다.

"엉뚱한 생각하지 마, 다온."

우리는 잠자코 텔레비전 화면을 주시했다. '크래시드 아이스 레드 불' 경기 홍보가 한창이었다. 처음 보는 경기였다.

"스피드 경기의 끝판왕이지."

루크는 이 낯선 스포츠를 알고 있는 듯했다.

"스틱도 없이 저 복장은 왜 한 건데?"

아이스하키 복장을 한 선수들이 출발 신호와 함께 무서운 속도로 치고 나갔다. 굴곡진 경사로를 내달리고 오르기를 반복하며 질주하는 모습에 관중들이 미친 듯이 환호성을 질렀다. 끝없이 이어진 얼음 트랙 주변으로 관중들이 빽빽하게 들어차 있었다. 아이스하키 경기장에서 피리어드 시작과 함께 들리던 환호성이 그곳에도 존재했다. 경기 시작 전, 스틱을 들고 빙판에 나설 때면 늘 내 귓가를 때리던 환호성. 비록 내 몫이 아니라고 해도 경기장 안을 가득 메우는 관중들의 함성은 모두가 나를, 나의 움직임을 응원하고 있다고 착각하게 만들었다. 행복한 순간이었다.

꼬부기는 늘 평화로웠다. 느리고 작은 동작으로 수족관 안을 기어다니고 먹이를 먹고 가끔은 나와 눈을 마주하고 일광욕을 즐겼다. 이 작은 생명체는 날 알아보았다. 가만히 있다가도 가끔 목을 빼고 주위를 두리번거리며 날 찾았다.
"나, 여기 있어."
작은 소리로 말해 주면 안심한 듯 다시 제 갈 길을 갔다.
어둠 속에 혼자 앉아 있는 일이 점점 익숙해졌다. 잠들지 않는 밤이 계속되었다. 불도 켜지 않은 방에서 몸도 마음도 어둠에 완전히 스며들 때까지 멍하니 앉아 있는 날들이 영원히 이어질 것만 같았다. 가끔, 아주 가끔은 벽장을 바라보기도 했다.

벽장 안에는 마지막 경기 이후 처박아 놓은 아이스하키 장비가 들어 있었다. 먼지가 쌓였겠지? 저 벽장 문을 내 손으로 여는 일은 없으리라.

아무렇지 않은 척했지만 그동안 나는 상처받고 있었다. 세상의 그 어떤 보호 장비도 날 온전히 지켜 주지 못했다. 나는 생각만큼 단단하지 않았다. 여전히 무르고 여렸다. 어쩌면 나 역시 꼬부기와 다를 바 없는 존재였는지도 모른다.

나는 꼬부기가 제대로 자라고 있는지 궁금증이 일었다. 노트북을 켜고 거북에 관한 자료를 찾아 읽었다. 수많은 정보를 머릿속에 넣는다고 해서 꼬부기의 미래가 밝아지지 않는다는 것쯤은 잘 알고 있다. 그래도 지금으로서는 내가 할 수 있는 최선을 다해 보고 싶었다. 이렇게 하루하루 거북에 대한 자료를 찾아 읽다 보면 기형인 앞발을 치료할 방법이 생기지 않을까. 나는 기적을 바라고 있는지도 몰랐다.

"우리도 오래 갖고 갈 기억 하나 만들어 볼래?"

핸드폰 카메라로 꼬부기의 모습을 찍었다. 수족관 안 작은 돌멩이 위에 앞발을 올리고 지그시 눈을 감고 있는 모습이 꽤 여유로워 보였다.

"너, 대담한데? 자식, 쿨하다."

꼬부기가 보란 듯이 돌멩이에 올려놓은 발은 뭉개져 있었다. 제 상처를 아무렇지 않게 드러낸 꼬부기가 기특했다. 나는 꼬부기의 앞발을 줌으로 당겨 사진을 찍었다.

낮에 본 크래시드 아이스 경기를 다시 찾아본 것은 알 수 없는 갈증 때문이었다. 365미터의 얼음 트랙 위를 시속 50킬로미터 이상의 속도로 내달리는 것. 그게 크래시드 아이스였다. 크래시드 아이스는 경기 속도가 빠르고 치열해서 아이스하키와 비슷해 보였지만, 포워드와 디펜스로 각자의 임무가 주어지는 아이스하키와 달리 온전히 혼자 모든 것을 짊어져야만 하는 경기였다. 하지만 내 눈에는 두 종목이 같아 보였다. 아이스하키 경기장 안에서도 혼자 죽을 힘을 다해 뛰는 것은 매한가지였으니까.

위태롭고 좁은 경기장 위로 조명이 강렬하게 비추었다. 비록 화면 속이었지만 경기장의 열기를 고스란히 느낄 수 있었다. 심장이 다시 터질 듯 두근거리기 시작했다.

이튿날 아르바이트를 시작한 것은 순전히 충동적이었다. 정학 기간은 예상했던 것보다 훨씬 사람을 무기력하게 만들었다. 언제까지 땅을 파고 기어 들어갈 수는 없었다. 루크와 함께 봤던 크래시드 아이스 경기는 내 심장을 다시 뛰게 했지만 당장 아이스 링크로 돌아갈 수 없는 내 처지를 직시하게 할 뿐이었다.

두 동강 난 스틱이 신경 쓰였다. 부러진 스틱을 고치겠다고 들고 나와서는 정작 수리 센터 근처에는 가지도 않았다. 대신 이블린이 크루아상 맛집이라고 추천한 카페를 찾아갔다.

"이름이 '르 쁘띠뜨 갸르송'? 찐 프랑스 냄새 나는 곳이네."

이블린 말로는 베이커리 카페로 유명한 곳이라고 했다. 크지도 작지도 않은 카페였다. 특이하게도 실내 가운데에 커다란 기둥이 있었다. 입식 테이블이 빙 둘러싼 기둥에는 카페에 방문한 사람들의 낙서가 빼곡했다. 열 살 때 마지막으로 엄마랑 한국에 갔던 기억이 떠올랐다. 엄마가 학생일 때 자주 갔다던 분식집 벽면에도 손님들의 낙서가 가득했다. 이상하게도 지저분하다기보다 정겨운 느낌이 물씬 풍기는 낙서였다.

카페를 구경하다 보니 주문한 메뉴가 나왔다. 나는 천천히 크루아상을 씹었다. 이블린의 말이 과장이 아니었음을 확인하는 순간이었다. 한 입 베어 문 크루아상을 들여다봤다. 섬세한 크루아상 결을 손으로 찢으니 스케이트 날에 빙판이 갈리는 소리가 귓가에 울리는 것 같았다.

한차례 폭풍이 지나간 듯 손님들이 빠져나갔다. 예닐곱 개의 테이블에 나와 할머니 손님 한 명뿐이었다. 공교롭게도 프랑스풍 카페 안에 동양인 손님 둘만 남았다.

커피를 마시던 할머니 손님과 시선이 얽혔다. 가볍게 목례를 건넸다. 엄마는 어른과 눈이 마주치면 모르는 사람이라도 꼭 인사를 하라고 했다. 이렇게 낯선 어른에게 인사를 건넬 때면 엄마가 떠올랐다. 엄마가 내게 남긴 유산인 셈이다.

다 먹은 접시와 컵을 들고 계산대로 갔다. 빨간 머리의 여자 직원에게 정중히 물었다.

"혹시 여기서 일할 수 있을까요?"

빨강 머리 직원이 눈을 동그랗게 뜨고 팔꿈치 깁스를 물끄러미 바라봤다.

"어떻게 할까요, 안니엔?"

직원의 시선이 내가 아닌 내 등 뒤로 넘어갔다. 시선을 따라 고개를 돌리자 커피를 마시던 작은 체구의 할머니가 날 향해 웃었다.

"왜 여기서 일하고 싶니?"

구인 광고를 하지도 않은 카페에 들어와서 다짜고짜 일을 하겠다는데도 왜 여기서 일하고 싶냐고 묻는 친절함이라니. 나는 투박하더라도 진심을 전하고 싶었다.

"…… 말랑하게 살고 싶어서요."

이 카페는 크루아상에 진심이다. 나는 아이스하키가 아닌 다른 무언가에 진심이 되면 어떨지 궁금해졌다.

할머니가 자리에서 일어나 천천히 나에게 다가왔다. 한 걸음, 한 걸음 옮길 때마다 나를 꿰뚫어 보는 듯했다.

"아이스하키 하니?"

스틱을 발견한 모양이었다.

"이제는…… 안 해요."

한번 봐도 되겠냐는 말에 스틱을 건넸다. 상처 많은 스틱을 매만지는 주름진 손을 빤히 쳐다봤다. 내 스틱보다 훨씬 많은 풍파를 견뎌 냈을 손마디에서 눈을 뗄 수가 없었다. 내 스틱과 다른 점이 있다면 할머니의 손마디는 부서지지 않고 견고하게 휘어져 있다는 것뿐.

"이래서 말랑해지고 싶다는 거로구나. 좋아, 일해라."

할머니의 이름은 안니엔, 〈르 쁘띠뜨 갸르송〉의 주인이었다. 안니엔의 고향은 베트남의 달랏이라고 했다. 이 지역 최고의 크루아상 맛집의 숨은 고수가 프랑스인이 아니라 베트남 사람이란 사실이 놀라웠다. 문득 나 역시 남들과 똑같은 편견에 사로잡힌 뻔한 인간이란 사실에 잠시 씁쓸했다.

집으로 돌아오니 길 건너에 낯익은 차가 서 있었다. 한준이 형이었다. 반가운 마음에 길을 건너려는데 형이 먼저 알은체했다. 언제나 그랬다. 한준이 형은 내가 다가가기도 전에 먼저 내게 다가오는 사람이었다.

"다온, 같이 저녁 먹자. 건너와."

한달음에 달려 형에게 갔다. 전처럼 다짜고짜 포옹하는 대신 손을 내밀어 악수를 청했다.

"어어? 요즘 우리 에이스께서 게을러지셨나? 어째 손이 말랑해. 이래서 NHL 최고의 포워드가 되겠어?"

시즌을 망쳤다는 말로 오랜만에 만난 형을 걱정시키고 싶지 않았다. 집 안으로 들어가자 음식 냄새가 진동했다. 이블린이 부엌에서 나오더니 한준이 형에게 매달렸다.

"오빠아!"

기묘한 남매였다. 생김새도, 국적도, 부모도 달랐지만 서로를 생각하는 마음만은 누구보다 애틋한 남매가 바로 이블린과 한준이 형이었다. 둘은 배다른 남매도 아니었다. 사라 아줌마와 한준이 형의 아버지가 재혼한 것은 이블린이 걸음마를 뗄 무렵이었다. 한준이 형은 이블린에게 누구보다 든든한 울타리였다. 이블린 표현에 따르면 한준이 형은 이블린을 '사람'으로 만든 존재였다.

"왜냐하면 한준이 오빠가 나한테 알파벳을 가르쳐 줬거든."

커다란 그릇에 삶은 감자를 잔뜩 집어넣고 으깨는 이블린 곁에서 주해인이 이 집안의 역사를 듣고 있었다. 훈련을 마치고 홈스테이로 돌아가던 애를 이블린이 강제로 끌고 왔단다. 운동선수에게 체중 조절이 생명이라는 사실을 모를 리 없을 텐데 이블린은 늘 그랬다. 제 곁에 누구든 든든하게 먹이려는 아이. 주해인이 어떤 표정을 지으며 따라왔을까 궁금해졌다.

매시드포테이토는 만들기 쉬울 것 같으면서도 은근히 힘이 드는 요리다. 한준이 형이 자연스럽게 이블린의 손에서 볼을 빼앗아 대신 감자를 으깼다.

"다온, 접시 좀 옮겨 줄래?"

집을 떠난 지 꽤 오래되었는데도 형은 집 안을 구석구석 잘 알고 있었다. 수납장에서 도자기 그릇을 꺼내 내 손에 건넸다.

"거실에 있는 사진 보고 이블린 절친인 줄 알았어요."

주해인의 말에 이블린이 흥분했다.

"어딜 봐서 오빠가 내 또래로 보여? 헐, 저 눈가에 주름 못 봤어, 해인?"

"우리 새 친구가 눈썰미가 좋네. 제일 바삭하게 구운 삼겹살로 줄게."

한준이 형의 너스레 덕분에 주방 분위기가 한결 부드러워졌다. 식사가 거의 차려질 즈음, 사라 아줌마가 귀가했다. 한준이 형을 본 아줌마는 태연했다. 마치 형이 항상 이 집에 함께 사는 것처럼, 하루 일과를 마치고 집에 돌아온 아들을 맞이하듯 아줌마는 그렇게 한준이 형을 안아 주었다.

"내 아들, 이제야 집에 왔네."

사라 아줌마의 눈이 부드럽게 휘어졌다. 한준이 형의 눈도 아줌마의 눈매와 똑같이 변했다. 저토록 다른데 똑 닮아 보이는 두 사람이라니.

다 함께 식탁에 앉았다. 서로 음식을 권하고 평범한 일상을 나누는 것이 당연하게 느껴지는 자리였다.

"그런데 한준 오빠는 왜 따로 살아요?"

주해인이 물었다. 당황한 사람은 나 하나였다. 사라 아줌마가 샐러드를 마저 씹더니 대답했다.

"아, 한준이 아빠랑 내가 이혼한 거 말 안 했나?"

주해인의 얼굴이 빨개졌다. 정작 당사자들은 아무렇지 않게 삼겹살을 넣은 상추쌈을 한입 가득 넣었다.

"엄마가 아버지랑 헤어진 건 신의 한 수였지."

한준이 형까지 거들었다.

"그래도 난 오빠랑 다 같이 살 때가 좋았는데……."

한숨 섞인 이블린의 말에 사라 아줌마는 당당하게 경고했다.

"네가 좋다고 내 인생을 희생할 순 없지. 나도 내 인생이 소중하니까, 안 그래?"

좋은 사람들이지만 나 역시 주해인처럼 이 가족에게 적응하기 어려울 때가 있다. 나는 주해인에게 고개를 끄덕여 보였다. 무언의 공감에 주해인이 안도하는 눈치였다.

"그런데 형. 갑자기 온 거 보니까 뉴스가 있는 것 같은데?"

"역시 다온이 눈치가 빨라."

이블린이 상추쌈에 삼겹살을 세 개나 올렸다. 쌈장에 마늘까지 제대로였다. 생마늘은 아려서 못 먹겠다는 애가 마늘을 두어 개 집어넣는 것을 보니 한준이 형에게 줄 모양이었다.

"엄마, 저 군대 가요."

이블린이 정성스레 싼 상추쌈을 손에서 놓쳤다. 한준이 형의 발표에 미동도 없는 사람은 주해인뿐이었다. 사라 아줌마는 들고 있던 포크를 식탁 위에 내려놓았다. 그리고 한준이 형에게 물었다.

"오래 생각한 거지?"

"그럼요. 남은 시간 동안 열심히 준비하려고 해요. 이블린이랑 엄마 곁에서."

굳었던 사라 아줌마의 표정이 천천히 풀렸다. 캐나다인으로 살아온 한준이 형이 한국으로 돌아가 군대에 가겠다는 게 무슨 의미인지 나는 어렴풋이 짐작할 수 있었다. 형도 스스로를 이방인이라고 느꼈을까?

"엄마, 나중에 꼭 면회 와요."

한준이 형의 말에 이블린이 딸꾹질을 했다. 사라 아줌마의 표정이 묘하게 변했다. 웃는 것도, 우는 것도 아닌 얼굴. 형의 마음을 헤아려 보려고 애쓰는 얼굴이었다.

6 네가 나를 부를 때

 루크가 베이커리 카페로 찾아왔다. 창밖으로 진눈깨비가 흩날렸다. 루크가 밀크티를 홀짝이며 물었다.
 "언제까지 비밀로 할 거야?"
 내가 일주일에 두 번 베이커리 카페에서 일하는 것을 아버지는 모른다. 아이스하키를 시작하겠다고 선언한 날, 끝장 볼 것 아니면 시작도 말라는 것이 아버지의 허락 조건이었다. 시작할 때의 다짐처럼 NHL 최고의 선수가 되려면 온전히 아이스하키에 전념해야만 했다. 그런데 훈련에만 전념해도 모자랄 시간에 아르바이트를 하고 있다는 사실을 알면 아버지의 반응이 어떨지는 충분히 예측할 수 있었다.

"다온, 솔직히 이건 좀 아니지 않냐? 하고많은 가게 중에 하필이면 여기냐고. 따지고 들면 너희 아버지 경쟁업체야."

"정확히 말하면 동종업체. 경쟁업체로 보기엔 우리 아버지 카페는…… 그냥 프랜차이즈지."

매년 물가 상승률에 맞춰 본사에서 재료며 물품 가격을 인상하는 문제로 아버지의 시름이 깊어 가는 것을 모르지 않았다. 외면한다고 해서 해결될 문제가 아니란 것을 나 역시 체감하는 중이었다.

"와, 뭐 이런 아들이 다 있지? 네 입으로 아버지 가게를 까는 거야?"

루크가 호들갑을 떨었다.

"난 현실적인 선택을 한 거야. 여기가 돈을 더 주거든."

그리고 나는 딱딱한 스틱을 잡는 대신 말랑한 밀가루 반죽을 만질 필요가 있다. 비록 지금은 밀가루 포대나 나르고 있지만 언젠가는 밀가루 반죽을 만질 일이 있을 것이다. 딱딱한 스틱을 쥐고 차가운 빙판, 칼날 같은 스케이트 날 위에서 지난 시간 대부분을 보냈다. 단단하고 견고한 것들에 둘러싸여 천하무적을 꿈꿨지만 지금의 나는 애매모호한 인간이었다. 빙판 위에서 훈련을 거듭할수록 근육은 단단해졌지만 내 마음은 균형을 잃고 무너지는 날이 많았다.

'네 나라로 꺼져!'

어처구니없었다. 수많은 경기를 치르며 이 자리까지 왔다. 치른 경기 수만큼이나 차별의 발언을 들었다. 하이 스틱킹도 모자라 스틱으로 나를 찍어 내리며 슬래싱을 해도 날 막을 수 없는 루저들은 최후의 공격이자 수비로 인종 차별이 섞인 욕설을 선택했다. 모든 공격을 막아 내며 득점했지만, 득점할수록 내 심장은 무너졌다. 아무리 달려도 심장은 단단해지지 않았다.

"엉뚱한 생각하는 건 아니지?"

루크는 눈치가 빨랐다. 어떤 상황이 와도 스틱을 놓는 법이 없던 내가 우리의 아지트인 폰드 스케이트장에 나타나지 않는 것을 보고 나름 예측했을 것이다.

제임스 감독은 늘 경기장에 나서기 전 우리에게 얼음 위에서 균형점을 찾으라고 조언했다. 이제 나는 얼음 위에서 어떻게 균형점을 찾아야 하는지, 지금까지 제대로 균형을 잡기나 했었는지 의구심이 들었다.

"루크, 난 지금 맨바닥에서도 휘청거려."

루크가 내 앞에 손을 내밀었다.

"잡아, 내 손."

심각한 내 속내를 가벼운 농담쯤으로 넘기고 싶어 하는 녀석의 마음을 모르지 않았다.

흔들림 없는 녀석의 손이 눈앞에 보였다. 굳은살이 박인 단단한 손바닥이 나랑 같았다. 스틱을 놓지 않고 오랜 시간 훈련한 증거가 깊이 남아 있었다. 변함없는 손이었다. 내게 손 내미는 일에 인색하지 않은 유일한 녀석이 루크였다. 그러나 잡아도 될까? 앞으로도 나는 살아가면서 시도 때도 없이 흔들릴 날들을 맞이할 것이다. 그럴 때마다 이 익숙함에 기대 홀로 서지 못하고 허우적거리지는 않을까?

"1분에 10달러야."

머뭇거리는 나를 꿰뚫어 보고 루크가 가벼운 농담을 던졌다. 손을 잡지 않아도 좋았다. 시답잖은 농담만으로 오늘 하루 휘청거리지 않을 만큼의 위로를 받았으니까.

방 안에 어느새 어둠이 내려앉았다. 식은땀이 등줄기를 타고 흘렀다. 혈관을 타고 흐르는 정체 모를 열기에 나는 운동화를 신었다. 야간 조깅을 하기로 했다.

"가자, 꼬부기."

꼬부기를 처음 만났던 해변을 향해 밤길을 달렸다. 가슴팍에 달린 주머니에 꼬부기를 넣었다. 달리는 동안, 꼬부기가 기형이라는 그 작은 앞발로 내 심장을 토닥토닥 매만졌다. 우리는 함께 달리고 있는 셈이었다.

그새 지쳤는지 모래사장에 발이 푹푹 빠졌다. 천근같이 느껴지는 발의 무게에 당혹스러웠다. 잠깐 운동을 쉬었다고 체력이 바닥났나?

나는 해변에 벌렁 누웠다. 밤하늘을 읽을 수 없었다. 별이 떠 있었고 드문드문 떠가는 구름이 달을 반쯤 가린 밤이었다. 아주 어릴 적, 엄마는 내가 아플 때마다 달님에게 빌었다.

'우리 다온이 빨리 낫게 해 주세요.'

덕분에 나는 밤이 무섭지 않았다. 달이 떠오르는 밤이면 뭐든 견뎌 낼 수 있을 것 같은 기분에 휩싸이곤 했다.

꼬부기를 모래 위에 내려놓았다. 한동안 꼼짝하지 않다가 내 옆에서 한발 한발 앞으로 나아가는 모습을 보고 있자니 가슴이 뜨거워졌다. 모래 위에 작은 발자국을 꾹꾹 눌러놓는 꼬부기. 모래 위에 제 흔적을 새기는 녀석의 한 걸음, 한 걸음이 정성스러웠다.

"네가 나보다 낫구나. 용기 있어, 너."

괜한 심술에 손가락으로 모래를 튕겼다. 모래를 뒤집어쓰면서도 꼬부기는 앞으로 나아가는 발걸음을 멈추지 않았다. 녀석은 파도가 일렁이는 바다를 향해 작은 걸음을 옮겼다. 본능이었다.

말도 잘 통하지 않는 상황에서 아이스하키를 하는 아이들을 보고 "엄마, 나도!" 하고 졸랐던 것이 캐나다에서 나의 첫 기억이었다. 태어날 때부터 스틱을 잡고 태어난다는 캐나다 아이들과 달리 나는 작고 허약했다. 병치레가 많았던 나는 그 단단한 막대와 무지막지해 보이는 복장에 마음을 뺏겼다. 특히 헬멧은 나를 영웅으로 만들어 줄 도구로 보였다. 나의 첫 아이스하키 헬멧에는 '슈퍼맨 이다온'이라고 삐뚤한 글자들이 한글로 적혀 있었다.

수많은 날을 빙판 위에서 구르고 뛰었다. 다치고 울고 다시 일어서고, 있는 힘을 다해 달렸다. 매일매일 새로운 상처가 내 몸을 장식했다. 푸른 멍 자국이 문신처럼 온몸에 새겨지던 날들이었다. 작고 힘없는 동양 애라고 끼워 주지 않던 동네 녀석들이 점차 빙판 위에서 나와 몸을 부딪쳤다. 빙판 위에서 땀을 흘리는 시간이 길어진 만큼 나는 이 나라에서 이방인이 아닌, 그들 중 한 명으로 잘 자랄 수 있을 것 같았다. 하지만 스틱을 들고 프로를 꿈꾸기 시작하자 예상치 못한 장벽을 대면해야만 했다.

"파도는 험난할 거고 넌 그걸 뛰어넘어야만 해. 이꼬북, 할 수 있겠어?"

나는 계속해서 꼬부기에게 모래를 뿌렸다. 포기할 법도 한데 꼬부기는 잠시 멈춰 숨을 고르는 듯하더니 묵묵히 바다를 향해 몸을 움직였다. 나의 패배였다. 꼬부기는 절대 작은 몸놀림을 멈추지 않았다. 나는 천천히 몸을 일으켰다. 그리고 꼬부기 옆에 섰다. 꼬부기가 심해를 누비고 다닐 날을 상상했다.

"지금은 내 가슴팍에 있어. 그럼 넌 세상에서 가장 빠른 거북이가 되는 거야."

구름에 가렸던 달이 온전히 제 모습을 드러냈다. 달빛이 천천히 나에게 내려왔다. 크게 심호흡을 하고 어둠 속 먼바다를 한껏 노려보았다.

모두가 잠든 밤은 고요했다. 차갑고 고요한 밤의 한가운데를 천천히 걸어 집으로 향했다. 손바닥에 올려놓은 꼬부기는 차분하게 밤의 적막을 즐겼다. 고개를 빼고 밤하늘을 올려보기도 했고 가만히 앞을 내다보기도 했다.

"분위기 좋다고 위험을 감수하는 행동은 안 돼."

점잖게 꼬부기를 타이르며 큰길을 따라 걸었다. 헤드라이트를 켠 차가 드문드문 지나갔다.

주택가로 들어서자 밤바람에 나뭇잎 스치는 소리만 가득했다. 링크장 위를 신중하게 스케이트 날로 한 발 두 발 밀고 나갈 때 들리던 소리와 비슷하게 느껴졌다. 바닥에 나뒹구는 나뭇잎 하나를 집어 꼬부기에게 들이밀었다. 육지에서의 겨울 냄새를 기억해도 좋을 것이다.

"다 뛰었어요."

바람결에 섞여 든 소리는 건조했다. 물기라고는 조금도 없는 목소리였다. 소리가 나는 쪽으로 고개를 돌렸다. 희미한 가로등 아래에서 누군가 등을 돌린 채 통화하고 있었다.

"하아, 엄마. 내가 기계도 아니고…….."

걸음을 멈췄다. 더 나아간다면 의도하든 하지 않든 통화 내용을 고스란히 듣게 될 테니까. 또렷한 한국어 발음으로 보아 가로등 아래의 주인공은 주해인이 분명했다. 굳이 한국어가 아니더라도 찬바람에 고스란히 드러난 목덜미와 틀어 올린 머리 모양만 봐도 알 수 있었다. 결국 통화 내용을 본의 아니게 다 듣고 말았다. 힘없이 돌아서는 주해인과 시선이 마주쳤다. 이것 역시 내 의도와는 달랐다. 희미한 불빛 아래에서도 찬 기운에 빨갛게 변한 목덜미가 한눈에 들어왔다.

주해인이 입을 열기 전에 내가 선수 쳤다.

"밤은 어디든 위험해. 춥기도 하고."

꼬부기를 다시 가슴팍 주머니에 넣고 가만히 서 있는 주해인을 지나쳐 전력 질주했다. 주머니 속이 미친 듯이 뛰기 시작했다. 꼬부기의 심장이 이토록 터질 듯 뛸 리가 없는데 호흡이 점점 가빠졌다.

"Welcome back."

다시 학교로 돌아온 나에게 팀 동료들이 인사를 건넸다. 장비에서 희미하게 곰팡이 냄새가 났다. 신가드 위치를 조절하고 스케이트 끈을 단단히 묶었다. 연습을 실전처럼 하라는 코치의 잔소리가 들려오는 것을 보니 현실로 돌아온 듯했다. 숨이 넘어갈 듯 눈앞이 하얘지도록 빙판 위에서 질주하던 날 두고 제임스 감독이 했던 말이 떠올랐다.

"아이스맨인줄 알았더니 빙판 위에선 핫가이였구나."

경기장 안의 얼음을 다 녹일 기세로 미친 듯이 질주했었다. 그래야만 나를 증명할 수 있다고 확신하던 나날이었다. 벽장에 처박아 놓은 스케이트 가방과 아이스하키 장비를 꺼내 볼 용기가 증발한 지금이 믿기지 않을 정도였다. 오늘 몇 번을 망설이다가 장비를 꺼내 들었는지 아무도 모를 것이다.

레그 패드까지 장착한 루크가 어깨를 들썩이며 내게 다가오는 것이 보였다. 일부러 뒤뚱거리는 익살스러운 루크의 걸음걸이에 나는 실웃음을 지었다.

"팀은 누구 때문에 똥 밟은 꼴인데, 넌 마냥 좋은가 봐?"

등 뒤에서 익숙하지만 반갑지 않은 목소리가 들렸다.

카일에게 환영 인사를 기대한 것은 아니지만 복귀하자마자 신경을 긁어 대는 꼴을 보니 속이 부글부글 끓었다. 카일이 보란 듯이 왼쪽 가슴을 두드렸다. 녀석의 가슴팍에 주장 패치가 자리 잡고 있었다.

"거저 주운 주장 패치가 아주 많이 자랑스러운가 봐?"

카일의 선 넘은 도발을 묵인하기에 나는 너무 지쳤다. 이런저런 비아냥을 참는 역할은 왜 매번 나여야만 하는지 납득할 수 없었다. 한 팀이라면서 틈만 나면 나를 도발하는 카일까지 동료로 받아들여야 한다는 게 말이 되는 노릇인지, 제임스 감독에게 묻고 싶었다.

"너 지금 뭐라고 지껄이냐?"

분명히 알아들었음에도 카일은 못 알아들었다는 듯 이죽거렸다. 내 영어를 못 알아듣겠다고 일부러 유치하게 구는 것을 모를 내가 아니다. 어차피 코드가 안 맞는 인간이니 대놓고 무시해 주자.

"구질구질하다고, 너."

이번에는 한국어로 천천히, 또박또박 말해 줬다.

내 말을 알아들은 사람은 루크뿐이었다. 입을 벌리고 콧구멍을 씰룩거리는 루크를 보고 카일이 닦달했다.

"이 자식이 뭐라고 지껄인 거야?"

"너 잘생겼다고."

얼토당토않은 루크의 말에 실소를 흘리고 말았다.

카일이 내 멱살을 잡았다. 돌아와서 첫발을 내딛기도 전에 몸싸움이라니. 대단한 환영식이었다.

내 발밑의 균형은 깨졌다. 더는 참아야 할 이유가 사라졌다. 무엇을 위해 이들과 한 공간에서 땀 흘리며 함께 뛰었는지 더는 의미를 찾을 수 없었다. 나는 한 팀이 될 수 없는 존재였다. 아무리 죽어라 뛰어도, 내가 최고의 포워드가 된다고 해도, 우리는 한 팀이 될 수 없다.

"그만! 당장 떨어지지 못해!"

제임스 감독이 우리 둘을 떼어 놓았다. 주먹을 쥔 손의 떨림이 멈추지 않았음에도 아무렇지 않은 척 숨을 골랐다. 깁스한 팔꿈치가 시큰거렸다. 애써 통증을 참는데 제임스 감독의 싸늘한 목소리가 심장을 때렸다.

"다온, 아직도 반성하지 못했으면 경기장에 발 들일 생각하지 마!"

차별은 어디에나 존재한다지만 그 장벽을 내 노력만으로 부순다는 것이 꿈처럼 아득하기만 했다. 나는 제임스 감독을 향해 씁쓸히 웃어 보였다. 그리고 미련 없이 경기장을 나왔다.

빈 벤치에 앉아 스케이트를 벗었다. 신발을 챙겨 나올 정신도 없었다. 스케이트도, 양말도 벗어 던진 맨발을 가만히 바라보았다. 맞지도 않는 스케이트에 발을 꿰맞추던 날들이 스쳐 지나갔다. 허리를 굽혀 굳은살이 박인 발등과 새끼발가락을 매만졌다. 딱딱해서 아무 느낌도 없는 발이 참 못생겼다. 그래도 내 발이다. 위태로운 빙판 위에서 균형을 잃지 않으려고 오랜 시간 안간힘을 쓰던 발이었다.

"고생했다, 그동안."

멍하니 찬바람을 맞았다. 여느 때와 다름없는 찬 공기였는데 이상하게 따뜻한 기운이 코끝을 간질였다. 가만히 앉아 있으니 어지러웠다. 매일매일 죽을 듯이 스피드를 내며 살았다.

내 스틱은 부러졌고 더는 온갖 보호 장구에 몸을 감추고 질주하는 일은 없겠지. 홀가분했다. 오히려 제임스 감독에게 강하게 항의하던 루크가 걱정되었다.

카페 〈르 쁘띠뜨 갸르송〉에서 나의 업무는 단순했다. 카페를 청소하고 밀가루 포대를 나르고 손님이 몰리는 시간이면 가끔 홀에 나가 서빙을 돕는 정도였다. 조만간 내가 이 가게를 접수하고 아버지에게 최대 경쟁업체의 영업 비밀을 건네 줄 거라던 루크의 허무맹랑한 상상은 그야말로 헛소리였다.
"저, 안니엔. 일을 좀 더 하고 싶은데요."
"운동은? 아이스하키 한다며."
내가 대답하지 못하고 머뭇거리자 안니엔은 내 손을 잡아 이리저리 살폈다.
"스틱을 잡아야 할 손이 망가지면 못 쓰지."
"제 손이 하키 스틱만 잡으라는 법도 없잖아요."
"허구한 날 들락거리는 네 친구 말은 다르던데? 다온이 네 손은 NHL 최고의 포워드가 될 손이라던데? 스틱 다루는 솜씨가 최고라고."
나는 상황을 설명하고 싶은 마음이 눈곱만큼도 없었다. 내 사정은 감춘 채 일하는 시간을 더 달라고만 하는 게 얼마나 염치없는 일인지 나도 안다. 그렇지만 최대한 얼음과 관련된 모든 것을 끊고 싶은 마음뿐이었다.

"도망치려고 오는 거면 카페 일 그만둬라. 운동도 네 일상도 밸런스가 맞아야 순탄한 거야. 무슨 일이 있는지 모르지만 그동안 즐겁게 열심히 했던 일이라면 스스로 포기하거나 외면하면 안 돼."

"왜요, 왜 그러면 안 되는데요?"

안니엔이 갓난아이 다루듯 반죽을 매만졌다. 한없이 부드럽고 다정한 손길은 보는 것만으로 찬기만 가득했던 가슴에 온기가 스며들었다.

"분명히 스스로 후회할 날이 올 테니까."

안니엔은 자기 이름처럼 삶이 항상 평안하고 자유롭기를 바랐다고 했다. 그러나 어려운 집안 살림 때문에 여자라는 이유로 공부를 다 마치지 못했다. 어쩌다 이민을 와서 온갖 허드렛일을 했지만 부끄럽지는 않았다고 했다. 스스로 힘으로 먹고 사는 일은 고단했지만 보람 있었다고, 땀의 대가에 자부심을 느꼈다고. 그러다 인생의 목표라는 것이 생겼고 그게 바로 빵을 만드는 일이었다고 했다.

안니엔은 프랑스인이 주인인 빵집에 무작정 찾아가 빵 만드는 법을 가르쳐 달라고 했지만 당연히 대답은 NO였다. 밀가루 포대 하나도 들지 못할 것 같은 작은 체구의 아시아 여자가 프랑스 빵을 배우겠다고 하자, 사장은 비웃었다고 했다. 안니엔 표현으로는 온갖 구질구질한 일을 다 겪었다고 했다.

"차별은 안 겪었어요?"

쾅, 매끄럽게 다듬은 빵 반죽을 소리 나게 두드려 댔다. 뜻밖의 행동에 움찔했다.

"안 겪었을 것 같니?"

반죽을 두드려 대는 지금의 기세라면 세상의 그 어떤 풍파가 쓰나미처럼 밀려와도 안니엔은 눈 하나 깜짝하지 않을 것처럼 보였다.

"내가 어렸을 때 봤던 옛날이야기에는 말이다. 주인공은 반드시 온갖 시련과 차별을 겪어. 그걸 이겨 내야 진짜 영웅이 되는 거야."

수수께끼 같은 말이었다. 내가 아무런 반응도 보이지 않자 안니엔은 다시 반죽을 토닥토닥 두드리며 반듯하게 모양을 매만졌다.

"다온이 너는 모험을 즐기는 사람이 되겠니, 아니면 모험을 겁내는 사람이 되겠니?"

이곳으로 이민 올 때 내 배낭에 넣어 온 유일한 책이 『괴물들이 사는 나라』였다. 낯선 세계로 흘러들어 괴물들을 친구로 만들고 적응해 가는 주인공 맥스의 모습에서 내 모습을 찾으려고 안간힘을 썼던 시간들이 떠올랐다.

일을 더 하겠다던 내 계획은 실패로 돌아갔다.

7　인생의 아이러니

　빙판 위로 짙은 어둠이 내려앉았다. 달빛을 핀 조명 삼아 누군가 스케이트를 타고 있었다. 얼음이 스케이트 날에 사르륵 갈리는 소리가 음악처럼 메아리쳤다. 밤의 적막을 음악 삼아 움직이는 모습이 인상적이었다.
　주해인의 스케이팅 실력은 흠잡을 데 없었다. 노련하고 우아했다. 피겨 스케이팅을 위해 이곳에 왔다더니 어딜 가나 빛날 실력이었다. 우리를 등지고 스케이트를 타던 주해인이 방향을 바꾸더니 얼굴에 달빛을 고스란히 맞았다. 달빛에 드러난 주해인의 표정을 보고 나는 입을 꾹 다물었다. 주해인의 표정은 내가 상상했던 것과 달랐다.

"야야, 에이아이가 따로 없다. 피겨 머신이야."

루크의 말이 맞았다.

"무섭게 타네."

욕인지 칭찬인지 모를 말을 루크는 이어 갔다. 주해인의 스케이팅 솜씨는 빼어났다. 그러나 차갑도록 무표정한 얼굴이었다. 이블린의 집에서 봤던 웃음도 생기도 전부 사라진 채 스핀 동작이 기계처럼 이어졌다.

"어, 다쳤나? 왜 꼼짝하지 않지?"

바닥에 웅크린 주해인은 마치 배터리가 방전된 인형 같았다. 내가 말리기도 전에 루크가 얼음 위로 미끄러지듯 달려갔다.

"괜찮아?"

루크가 주해인을 향해 손을 내밀었다. 주해인이 저 손을 잡지 않고 혼자 일어선다에 10달러를 걸겠다.

"빙고!"

역시나 주해인은 숨을 고르더니 스스로 일어섰다. 당황해하는 루크의 모습에 픽 웃음이 났다. 녀석은 여자애한테 거절당하는 게 익숙하지 않을 것이다. 나는 주해인에게 다가갔다.

"여기는 우리 아지트인데……."

시비를 걸려는 건 아니었다. 그러나 주해인 귀에는 그렇게 들렸나 보다. 제자리 뛰기로 스케이트 톱날에 뭉친 얼음을 털어 내며 주해인이 말했다.

"이 호수가 너네 소유는 아니잖아?"

루크가 제 손에 든 스틱을 들어 보였다.

"괜찮겠어? 충돌하면 다칠 텐데……."

거의 협박이나 다름없는 루크의 말에 주해인은 눈 하나 깜짝하지 않았다. 주해인이 아이스하키 장비를 챙기는 나를 흘 낏 보았다.

"그냥 가면 내 마음이 더 크게 다칠걸?"

당돌하지만 딱히 틀린 말도 아니었다. 우리 같은 운동선수는 하루라도 훈련을 게을리하면 당장 티가 났다. 몸의 근육이 생각대로 움직이지 않는다는 걸 아는 순간, 빙판 위에서 무너져 내리는 것은 몸이 아니라 마음이었다.

몸을 풀기 위해 스케이트로 호수를 크게 돌았다. 신경 쓰지 않는 척했지만 루크가 주해인에게 하는 말에 귀를 세웠다.

"먼저 해. 우리가 기다릴게."

헬멧을 쓰는 내게 주해인의 시선이 꽂혔다. 루크가 내 상황을 설명하기도 전에 주해인이 호기심을 참지 못하고 거리낌 없이 물었다.

"이다온, 이제 아이스하키 못 한다며?"

나는 똑바로 정정해 주려다가 손을 꽉 조이는 글러브 감촉에 마음이 누그러졌다. 이제 아이스하키는 끝이라고 했지만

인생의 아이러니

간밤에도 글러브를 끼고 스틱을 드는 꿈을 꿨다.

"못 하는 게 아니라 안 하는 거지, 앞으로."

"그래도 다온은 내 영원한 파트너야. 경기를 뛰든 안 뛰든 내 야간 훈련은 도와주기로 했지."

루크가 내게 달려들어 어깨동무를 했다.

어린 날에도, 지금도, 루크는 항상 변함이 없다. 나는 내 어깨에 자신의 몸무게를 싣는 루크가 존경스러웠다. 내가 빙판 위에 위태롭게 서 있어도 루크는 제 무게를 내게 전부 싣기를 주저하지 않는 녀석이었다. 언제든 내가 자신을 지탱해 줄 거라고 확신하는 녀석의 믿음이 고마웠다.

"아이스하키는 외롭지 않은 종목인가 보네."

주해인의 혼잣말이 귀에 꽂혔다. 기온이 내려가는지 주해인의 입김이 점점 짙어졌다.

"이 세상에 외롭지 않은 운동이 어디 있냐? 루크도 혼자 골대를 지켜야 하고, 퍽을 잡는 순간 공격수는 혼자 미친 듯이 질주해야 해."

내 말에 루크가 질렸다는 듯 혀를 내둘렀다. 또 페인트 사탕을 먹었는지 녀석의 혓바닥이 파랬다.

루크는 제대로 경기를 뛰겠다고 마음먹으면 페인트 사탕을 씹었다. 혓바닥을 새파랗게 만든 뒤 경기 시작 휘슬이 울리면 헬멧 사이로 혀를 내밀었다. 상대 팀이 루크의 파란 혓바닥을 보고 어떤 기분이 들지 누구도 알 수 없지만 루크는 기선 제압용 혓바닥이라고 떠들어댔다. 루크에게는 뉴질랜드인의 피가 흘렀다. 뉴질랜드 혈통이라면 전투 전에 '하카'를 춰야 한다고 주장하곤 했다. 하카는 뉴질랜드 원주민인 마오리족의 민속춤이다. 실제로 루크는 우리 둘만이라도 시합 전에 하카를 추자고 제안하기도 했고, 우리 집에 와서 하카 영상을 틀고 가르쳐주려고 안간힘을 썼다. 그러나 루크의 계획은 실패했다. 차선책으로 녀석은 상대 팀에게 파란 혀를 내보이며 전투력을 과시하는 것으로 타협을 본 셈이다.

루크의 혀가 파랗게 물들었다는 것은 다음 경기에 혼신을 다하겠다는 의미였다.

"다온, 이제부터 나는 네가 없는 링크에서 혼자 싸워야 해."

"그래서? 징징댈 거야?"

무표정했던 루크의 얼굴이 조금씩 풀리더니 눈웃음을 쳤다.

"그럴 리가. 반드시 이길게."

유년 내내 같은 빙판에서 땀을 흘리고 서로를 의지하며 자랐다. 이제는 서로의 길이 달라졌다. 내가 없는 링크 위에서 루크는 내 몫까지 최선을 다하겠다고 약속했다. 더는 아이스하키를 할 수 없더라도 나는 루크의 영원한 연습 상대가 되어 줄 것이다. 그게 진짜 친구니까.

주해인이 장비를 가다듬는 루크와 나를 가만히 바라보고 있었다.

'또 저러네.'

주해인의 목이 허전했다. 혼자 목도리 하나 없이 빙판 위를 수없이 휘젓고 다녔으리라는 건, 빨갛게 얼어 버린 목덜미만 봐도 알 수 있었다. 가방을 놓아 둔 호수 가장자리로 발길을 돌렸다. 방어 글러브를 착용한 루크가 빨리 위치를 잡으라고 야단이었다. 나는 가방에 들어 있던 물건 하나를 꺼내 빙판 가운데로 돌아갔다.

"그러다 폐렴 걸려."

빨강, 파랑 털실로 엄마가 마지막으로 뜬 넥워머였다. 처음엔 색깔이 마음에 들지 않아서 하지 않았는데 이제는 엄마를 떠올리게 해서 애써 무시하고 있던 물건이었다.

주해인이 내 손에 들린 넥워머를 가만히 바라보았다. 내가 들이밀며 재촉하자 머뭇거리던 주해인이 넥워머를 받아 들었다. 넥워머는 주해인의 얼굴을 반이나 가렸다.

주해인을 등 뒤에 남겨 두고 나는 빙판 위로 쏟아지는 달빛을 가르며 골대를 향해 달렸다.

"페이스오프!"

루크의 외침에 맞춰 나는 가상의 상대 선수가 있는 것처럼 연기하며 퍽을 빼앗았다.

퍽을 공중으로 던졌다. 빙판 위에 떨어지기 직전 나는 스틱을 빠르게 놀려 퍽을 잡아챘다. 얼음을 가르는 스케이트 날과, 퍽이 스틱에 맞아 날아가는 소리가 오늘따라 더없이 정겨웠다.

복도를 천천히 걷는 기분이 제법 괜찮았다. 전에는 수업이 끝나면 늘 미친 듯이 복도를 전력 질주했다. 연습 시간에 늦지 않게 도착해서 남보다 빨리 훈련에 몰입하기 위한 나만의 루틴이었다. 이제는 그럴 필요가 없다.

여유롭게 걸음을 옮겨 사물함을 열려는 찰나 바로 옆에서 부서지는 듯한 소리가 울렸다. 숄더 패드를 착용한 카일 무리 중 하나가 사물함에 몸을 부딪혀 온 것이다. 보지 않아도 짐작할 수 있었다. 일부러 내 옆 사물함을 노린 게 분명했다.

"아, 이런. 쏘리."

녀석들의 쓰레기 같은 장난질에는 대꾸하지 않는 게 최선이다. 내 갈 길만 가면 그만이다. 그러나 카일은 굳이 방해꾼이 되고 싶은 모양이었다.

"다온, 알지? 보디 체킹. 우리 그거 연습한 거야. 오해하지 말고."

누가 봐도 의도적인 시비였다. 욕이라도 시원하게 날리고 똑같이 어깨빵을 건네고 싶었지만 창의력 떨어지게 같은 방식으로 유치하게 굴고 싶은 생각은 없었다.

'보디 체킹 같은 소리하고 있네.'

속내를 입 밖으로 흘리는 경솔함은 이제 굿바이다. 대신 최대한 관대한 미소를 지어 주었다. 카일의 얼굴이 굳어졌다. 상대측 수비진을 뚫지 못한 공격수의 얼굴이었다.

"목표를 정확히 보고 보디 체킹을 해야 골을 넣지. 안 그래, 캡틴?"

나는 카일의 가슴팍에 'C' 패치를 눈짓으로 가리켰다.

내가 날린 주장 자리는 카일의 몫이 되었다. 카일의 표정과 가슴팍에 붙은 C 패치를 보고 있으니 캡틴이 아니라 오히려 충돌을 뜻하는 'Crush'라는 단어가 머릿속에서 맴돌 뿐이었다.

"미친 듯이 달려 보고 싶어."

뜬금없는 고백에 루크와 나는 벙쪄서 주해인을 보았다. 하필이면 왜 우리한테 제 속내를 드러내는 것인지.

"피겨 스케이팅도…… 점프 전에 미친 듯이 달리지 않나?"

피겨 선수는 주해인인데 루크가 내 눈치를 살피며 물었다. 바닥에 주저앉아 스케이트 끈을 풀며 나는 주해인의 대답을 기다렸다. 그러나 주해인은 묵묵부답이었다. 곁눈질로 주해인을 스캔했지만 속내를 알 수 있을 리 없었다. 우리는 아무 사이도 아니니까. 이웃에 사는 애, 그게 우리 관계의 전부였다.

주해인은 선택지가 없었다고 쓸쓸해했다. 지금껏 피겨 스케이팅만 하며 살았는데 더는 못 하겠다고, 아무래도 내 길이 아닌 것 같다고, 욕심만으로 이룰 수 없는 것도 있지 않냐고 했다. 캐나다에서 재기를 노려 보자는 엄마의 간곡한 부탁을 외면할 수 없었다고도 했다. 주해인의 심정을 나는 100퍼센트 이해하지는 못했지만, 주해인의 입에서 흘러나온 '엄마'라는 단어에는 움찔하고 말았다.

"내 피는 이렇게 뜨거운데……."

읊조리듯 흘러나온 말에 나는 주해인을 돌아봤다.

주해인은 루크와 내가 신은 스케이트 날을 가만히 살폈다. 앞부분이 톱날인 피겨 스케이트와 달리 아이스하키는 양쪽 날 끝이 둥글었다. 주해인은 비슷한 듯 다른 스케이트 날을 주시하고 있었다.

"달리면 되지."

누구한테 조언할 입장도 아닌데 입 밖으로 튀어 나간 말은 명료하고 간단했다.

나야말로 방향을 잃은 사람이었다. 루크의 부탁에 폰드 하키를 하러 나왔지만 어느 방향으로 달려야 할지 헤매고 있는 터였다. 목적을 잃었다고 달리지 못할 이유가 있나? 어둠 속에서 스케이트 날이 달빛을 받아 반짝였다. 이렇게 망했는데 언젠가 다시 빛날 날이 올까?

"같이 달려 보자."

루크까지 거들었다.

하나의 목표를 잃었다고 해서 계속 주저앉아 있는 게 맞을까? 누구도 내게 정답을 알려 주지 않았다. 답은 내가 찾아야만 했다. 그리고 내 대답은 이거였다.

"늘 골대만 보고 달릴 필요는 없겠지?"

내 대답을 들은 주해인이 피식거렸다. 얘도 이렇게 웃을 줄 아는구나.

"나도 점프만 생각하면서 뛸 필요는 없겠지?"

"당연한 거 아니야? 즐거우면 되는 거지. 별걱정이야."

나는 루크의 군더더기 없는 간결한 대답이 좋았다.

아이스하키를 하면서 오랫동안 운동 일지를 썼다. 훈련량, 훈련 방법, 나의 약점, 보완해야 할 사항 기타 등등. 그러나 정작 나의 강점, 나의 즐거움에 대해 고민한 적은 없었다. 달릴 때면 골대만 노려보고 스틱에서 퍽을 떨구지 않으려고 안간힘을 쓰던 날들이 뇌리에 문신처럼 새겨졌다.

나는 잘 닦인 링크장을 떠나 굴곡이 가득한 새로운 빙판 위를 달리는 장면을 상상했다.

한준이 형의 운전 솜씨는 한결같았다. 차분하고 절대 무리해서 속력을 내지 않는 형은 '안전제일주의'였다. 그런 형이 해병대에 지원하겠다니 뜻밖이었다.

"이다온, 이블린 마음을 계속 그렇게 모른 척할 거냐?"

이블린의 검은띠 승급 시험이 오늘이었다. 이런저런 이유로 싫증을 잘 내는 이블린에게 태권도는 유일하게 꾸준히 해 온 취미였다.

주차를 하고 근처 꽃집으로 갔다. 장미, 해바라기, 수선화, 그 밖에 내가 알지 못하는 꽃들이 진열돼 있었다. 한준이 형이 내게 고르라고 눈짓했다. 장미와 해바라기 사이에서 머뭇거렸다. 장미는 오버였고 해바라기는 무난했다. 해바라기 한 송이를 집어 들자 한준이 형이 피식거렸다.

"부담은 피하시겠다? 오케이."

내가 계산하겠다는데도 한준이 형은 내 품에 해바라기를 안기고 꽃 값을 지불했다.

태권도장은 승급 시험을 응원하러 온 가족과 친구들로 발 디딜 틈이 없었다. 내가 캐나다에 와서 처음 도장에 다닐 때만 해도 인기가 없었는데 지금은 태권도장에 등록하려면 몇 달을 기다려야 한다고 했다.

사람들 사이를 비집고 들어가 간신히 자리를 잡았다. 한준이 형이 안긴 해바라기를 들고 벽에 붙어 서 있으니 월플라워 신세가 따로 없었다. 기둥 사이로 아이들의 시범 경기 모습이 한눈에 들어왔다. 나름 명당이었다. 문제는 맞은편에 카일이 서 있다는 것, 그래서 의도치 않게 카일과 마주 보고 선 채로 관람해야 한다는 사실이었다. 얼음 위에서 항상 굳어 있던 얼굴과 달리 한껏 풀어진 카일의 모습에 당혹감을 느낀 것도 잠시, 나를 보더니 녀석의 표정이 싸늘하게 식었다. 딱히 기분이 좋지 않았지만 굳이 시선을 피할 이유도 없었다.

'필드 안에서든 밖에서든 나를 보는 표정은 한결같네.'

도복을 가다듬으며 승급 시험을 준비하는 이블린에게 시선을 옮겼다. 한준이 형이 손을 흔들었는데도 이블린은 긴장한 탓인지 알아차리지 못하고 심호흡만 하고 있었다. 경기 전 링크 안으로 들어서기 직전의 내 모습이 떠올라 실웃음이 났다.

"쟤가 왜 태권도 배운 줄 알아?"

한준이 형의 급습에 가까운 질문에 나는 멀뚱하게 서 있을 뿐이었다. 어차피 대답을 바라고 던진 질문은 아닌 듯했다.

"네가 태권도를 할 줄 안다고 했기 때문이야. 기억하지?"

"기억 안 나."

"원래 돌 던진 놈은 몰라. 돌 맞은 개구리만 기억하지. 암튼 너랑 공통점을 갖고 싶었던 거야, 이블린은."

한준이 형은 이블린의 운동 신경이 얼마나 둔한지, 남들보다 늦은 나이에 태권도를 시작한 이블린이 얼마나 안간힘을 썼는지 넋두리하듯 풀어놓았다.

"왜 얘기하는 건데?"

"그냥. 모른 척은 해도 잊지는 말라고."

수많은 날을 다리 찢기와 발차기 연습으로 보냈을 이블린을 그려 봤다. 그래, 저 애는 늘 웃으면서 부단히 움직이는 애였지. 갑자기 나의 무심함이 미안해졌다. 기억났다. 너무 오래되어 잠시 잊고 있던 시절이었다. 이블린네 이웃으로 이사 온 직후, 태권도복을 입고 혼자 차고 앞에서 발차기하는 나를 창문으로 바라보던 이블린. 주먹을 내지르고 소리를 질러 대며 어설프게 발을 차올리는 동작에도 박수를 치던 아이였다.

"그게 뭐야?"

"태권도."

이블린은 케이팝이 아닌 태권도로 한국을 알아갔다. 그냥 멋있어서 배운다는 이블린의 말에 나는 큰 의미를 두지 않았다. 그러나 오늘 한준이 형이 들려준 진실은 달랐다.

"이다온, 내가 군대 간 동안 네가 이블린의 좋은 친구, 이웃, 다정한 오빠가 되어 줘. 부탁한다."

드디어 이블린의 차례가 되었다. 기합 소리와 함께 이블린이 날아올랐다. 이블린의 손끝, 발끝에서 뿜어져 나오는 에너지는 밝고 정직했다. 이블린의 동작 하나하나에 관중들은 환호했다. 당연한 일이었다. 저토록 정성스럽고 건강한 몸동작에 박수를 보내지 않을 사람이 있을까. 이블린의 움직임 뒤로 카일의 시선이 따라붙었다.

승급 시험이 끝나고 이블린이 달려왔다. 이마에 맺힌 땀과

붉게 물든 뺨은 이블린의 긴장감을 알아채기에 충분했다.

"나 어땠어?"

이블린이 제 허리에 묶인 검은 띠를 매만지며 물었다. 한준이 형이 내 옆구리를 쿡 찔렀다. 나는 대답 대신 해바라기를 내밀었다. 이블린은 꽃이 아니라 나를 빤히 쳐다봤다.

"왜?"

"다온, 네가 나한테 꽃 준 거…… 처음이야."

이블린의 말에 한준이 형이 옆에서 대놓고 웃었다. 코미디 영화를 본 사람마냥 크게 웃는 바람에 괜히 나까지 머쓱해졌다. 진지한 사람은 이블린뿐이었다. 나는 이블린이 무슨 생각을 하는지 훤히 보였다.

"야, 이거 그냥 해바라기야. 의미 두지 마. 앞으로도 태권도만 보면서 무도인의 길을 쭈욱 걸으라고."

목소리가 커졌다. 나는 이블린에게서 해바라기를 뺏으려고 손을 뻗었다. 허둥대는 내 모습에 한준이 형은 눈물까지 찔끔거리며 웃어 댔다. 그러나 이블린은 역시 태권도인이었다. 잽싸게 내 손을 막더니 아주 정성스러운 손길로 허리춤과 품띠 사이에 해바라기를 꽂았다.

"너, 그거 인별그램에 올리지 마라."

해바라기 사진에 엉뚱한 코멘트를 멋대로 적어 놓을 게 뻔했다. 이블린의 인별그램을 보고 루크는 한동안 나를 놀리느라 신나겠지. 우리 셋은 늘 그랬다. 이블린은 여봐란 듯 사진을 올리고 그걸 본 루크는 어김없이 나를 놀려 댔다. 악의는 없었지만 반갑지도 않은 일이었다.

싫다고 할 줄 알았는데 이블린이 뜻밖의 조건을 달았다.

"오케이, 다온. 네 말대로 할게. 해바라기는 그냥 내 방 창가에 얌전히 두는 대신, 조건이 있어."

그러면 그렇지. 이블린은 절대 손해 보는 법이 없는 애였다.

"포기하지 마. 다시 뛰어. 아이스하키 팀에서 못 뛴다고 영원히 멈춰 서 있을 필요는 없잖아?"

이상한 제안이었다. 내가 다시 뛴다고 한들 이블린에게 득될 게 있나. 한준이 형은 듣고도 모른 척했다. 우리는 차를 가져오겠다는 한준이 형의 뒷모습을 응시했다.

태권도장 밖 보도블록에 털썩 주저앉은 이블린은 어쩐지 즐거워 보였다. 콧노래까지 부르는데 음치에 박치인 걸 과시하듯 형편없는 실력으로 클라이맥스까지 부르는 당당함에 나는 질색하고 말았다. 지나가던 사람들이 우리를 힐끔거렸다. 대놓고 "브라보!"라며 놀리는 사람도 있었다. 창피함은 고스란히 내 몫이었다.

근처 카페에서 진하게 커피 향이 났다. 모든 것이 부드럽게 흘러가는 시간이었다. 거리 풍경을 둘러보는데 익숙한 실루엣이 나타났다.

"이블린, 축하해."

카일이 이블린에게 화려한 장미 꽃다발을 내밀었다. 카일의 시선은 오롯이 이블린을 향해 있었다. 이블린이 허리춤에 꽂은 해바라기를 만지작거리더니 나를 흘낏 쳐다보았다. 나는 애써 모른 척하며 두 사람에게서 멀찍이 떨어졌다.

카일과 나는 빙판 위에서 만큼은 서로에 대한 악감정을 덮어 두고 한 팀이었어야 했다. 하지만 녀석은 세련되지 못했다. 늘 날 선 감정을 고스란히 드러내기에 급급했으니까. 연습 게임에서 몸싸움은 한두 번이 아니었다. 나는 상대 팀보다 골을 많이 넣기 위해 미친 듯이 달렸고 스틱을 움직이고 몸싸움을 했고 퍽을 날렸다. 그건 상대편 최전방 공격수였던 카일도 마찬가지였다. 문제는 보디 체크 동작에서 카일이 노골적으로 제 감정을 드러냈다는 데에 있었다.

한번은 연습 경기에서 정면으로 충돌했고 얼음 위를 굴렀다. 누가 먼저랄 것 없이 일어나 서로의 멱살을 잡았다. 본능이었다. 하필이면 오픈 연습 경기였던 탓에 구경꾼이 제법 많았다. 관중석에 이블린도 있었다는 사실이 아마도 카일의 신경을 더욱 긁었으리라. 충돌과 동시에 관중석에서 "다온!" 하고 날 부르는 이블린의 목소리가 얼음을 타고 미끄러져 왔다. 내 멱살을 쥔 카일의 손이 부들거렸다. 잇새를 꽉 문 채 카일이 내뱉었다.

"왜 하필 너냐고, 이다온!"

이블린의 시선 끝에 내가 걸려 있다는 사실이 엿 같다고 토해 내는 카일의 분노에 녀석의 멱살을 잡았던 손을 풀었다. 마치 어제 일처럼 뇌리를 스쳤다.

이블린은 카일의 꽃다발을 받지 않았고, 카일은 돌아섰다.

나는 건물 유리창에 비친 모습을 물끄러미 보며 머리를 매만졌다. 까슬거리는 머리칼이 제법 자라 있었다. 경기를 뛸 일이 없으니 머리를 밀어 버리는 루틴은 이제 그만둬야 하나?

"왜 그랬어?"

어쩌면 묻지 말았어야 할 질문일지도 몰랐다.

"에이, 꽃이 너무 화려해서 내 외모가 죽잖아."

"카일한테도 그렇게 말한 건 아니지?"

멋쩍게 웃다가 이블린이 힘 주어 말했다.

"다온, 꼭 다시 뛰어. 네가 뛸 수 있는 세상이 아이스하키 링크에만 있는 게 아니야."

이블린 뒤로 대형 광고판이 보였다. 단순히 음료 광고가 아닌 크래시드 아이스 경기 장면이 들어간 광고였다. 트랙을 질주하는 선수들의 거친 호흡이 사진을 뚫고 고스란히 전해지는 사진이었다.

"너, 저게 뭔지 알아?"

매일 밤, 잠들기 전 핸드폰으로 크래시드 아이스 경기 영상을 반복해서 보았다. 굴곡 가득한 크래시드 아이스 트랙을 보면서 어쩌면 나랑 가장 맞는 장소가 저곳이 아닐까 하는 생각이 들었다. 여태 나는 남들과 몸싸움을 하고, 경쟁자를 쓰러뜨리면서 내 존재를 증명하기 위해 안간힘을 썼다. 내 몸에 상처가 늘어갈수록, 경쟁자를 밀어내고 모든 것을 부술 것처럼 스틱을 휘두르면 휘두를수록 나는 누구도 무시할 수 없는 존재가 되어가고 있다고 믿었다.

그동안 나를 달리게 했던 힘의 원동력은 복수심이었고 억울함이었다. 내가 선택하지도 않은 나라로 이민을 와서 이유도 없이 당했던 차별과 모욕에 대한 반발심이었다. 나는 그저 행복하게 조용히 살고 싶었을 뿐인데 내가 바라는 행복마저 사치라는 듯 신은 엄마까지 앗아갔다. 이 땅에서 내가 가질 수 있는 내 몫의 행복은 없는 것일까.

이블린이 내 옆으로 와서 목소리를 낮춰 속삭였다.

"글쎄……. 근데, 루크가 그러더라. 다온이 다시 '스위치 온' 될 시간이라고."

루크가 다시 켜질 것이라고 믿고 있는 내 스위치는 부서졌다.

8   Have a Good Day

원수는 외나무다리에서 만난다고 했다. 내가 기억하는 몇 안 되는 한국 속담 중 하나다. 카일이 눈앞에 나타났다. 많고 많은 카페 중에 〈르 쁘띠뜨 갸르송〉이라니. 여기가 내겐 외나무다리인 셈인가.

알바 한 명이 갑자기 연락이 안 되는 바람에 안니엔이 급하게 에스오에스를 보내 왔다. 주말 알바는 가급적 피하려고 했는데 일당이 두 배라는 말에 구미가 당겼다. 돈에 현혹되지 말았어야 했다. 하지만 뒤늦게 후회해 봤자 눈앞의 카일이 사라질 리 없지 않은가.

"여기 편하지? 고된 훈련도 없고 적어도 팔꿈치 깨질 일은 없잖아?"

하필 카페에서 밀가루 포대를 매고 옮기는 꼴을 카일에게 들킨 게 억울했다.

"그래도 넌 참 한결같다. 근력 훈련을 꾸준히 하는 걸 보면 말이야."

카일이 내 어깨 위 밀가루 포대를 눈짓으로 가리켰다. 성질대로라면 포대를 카일 녀석의 발 앞으로 집어 던지고 싶은 마음이었다.

"차나 마시고 가라."

"전 동료한테 음료 할인은 없는 거야?"

애는 가끔 적인지 아군인지 사람 헷갈리게 만드는 재주가 있다. 세상이 자기를 중심으로 돈다고 확신하는 카일 같은 녀석에게 나의 등장은 또 다른 세상의 등장일 거라고 루크가 귀띔한 적이 있었다.

"내가 네 동료였냐?"

"아, 맞다. 아니지. 그냥 내 돈 내고 마실게."

나는 진심으로 궁금했다. 그래서 더는 참지 않기로 했다.

"도대체 왜 이러는 건데?"

"넌 그런 적 없어? 그냥 싫은 사람. 나한테는 그게 너야."

생각 같아선 한 방 먹이고 싶었다. 더는 팀워크를 고려해야 할 사이도 아니니 꺼릴 것도 없었지만 밀가루 포대를 잡고 있어서 녀석에게 날릴 손이 부족했다. 포대를 짊어지고 제빵실로 향하는데 카일의 시선이 따라오는 게 느껴졌다.

평소 안니엔은 내게 크루아상 비법 레시피를 전수할 것도 아니면서 굳이 빵 만드는 것을 지켜보게 하고 잔심부름을 시켰다. 오죽하면 매니저가 내게 가업을 이을 손주냐고 물을 정도였다. 그런데 오늘은 달랐다.

"홀에 나가서 서빙 좀 도와라."

"제가요?"

"그럼 내가 하니?"

안니엔이 정색하며 내 등을 떠밀었다. 한 무리의 손님이 나가고 눈에 익숙한 무리가 카페로 들어왔다. 카일이 자기 친구들을 호출한 것이다. 뭉그적거리며 카일네 테이블로 가는데 카페 출입문에 익숙한 실루엣이 어른거렸다. 한준이 형이었다. 그리고 옆에는 아버지가 있었다.

오늘은 외나무다리에 너무 많은 적수가 등장했다. 그런데 아버지도 원수의 범주에 넣어야 할까.

"다온, 너 여기서 일해?"

한준이 형이 해맑게 반가워하는 것을 보니 이블린에게 따로 들은 건 아닌 것 같았다. 분명히 놀랐을 텐데 아버지는 모르는 사람 보듯 딴청이었다. 마침 창가 쪽 자리 하나가 비었다. 아버지는 나를 지나쳐 자리를 잡고 앉았다. 차라리 계속 모른 척하지, 창밖 풍경 대신 대놓고 날 쳐다보았다. 아버지는 내게서 시선을 거둘 생각이 전혀 없어 보였다. 끈질기게 따라붙는 시선에 카페 밖으로 달아나고 싶은 충동이 일었다.

"주문 좀 빨리 받지. 근데 너 아이스 링크보다 여기가 더 잘 어울린다."

"헤이, 다온. 스틱보다 쟁반 든 손이 더 그럴싸해."

주문을 받으러 온 내게 휘파람까지 불어 대며 카일 무리가 이죽거렸다. 주먹이 울었지만 주먹보다 마음이 더 고통스러웠다. 아버지 앞에서 못난 꼴을 보이고도 참아야 하는 상황이 비참했다. 아이스하키를 시작하면서 밝혔던 포부가 모두 거짓으로 드러나는 것만 같았다.

'여기 애들이 제일 좋아하고 잘하는 걸로 내가 이길 거예요.'

아버지에게 했던 약속을 나는 지키지 못했다. 이런 볼썽사나운 꼴을 보이려고 얼음 위에서 그토록 뜨거운 땀을 흘렸던 건 아니었다.

애당초 카일 무리는 조용히 커피만 마시고 갈 생각이 없어 보였다.

"롱블랙 한 잔은 다온, 네 거야."

선심 쓰듯 거들먹거리는 카일의 시비를 받아 줄 생각은 없었다. 됐다는 내 말을 싹 자르고, 카일은 내뱉지 않았으면 좋았을 말을 했다.

"고맙다는 뜻이야. 네가 팀에서 알아서 나가 줘서 말이지. 난 처음부터 너랑 같이 뛸 생각이 없었거든."

"그쪽 손님들 뭐 시킬 생각 없어 보이는데 여기 와서 주문받아요."

아버지는 원수가 아니라 구원자였다. 카일 무리가 아버지를 향해 적대감을 드러냈다. 아버지는 그런 일로 눈 하나 깜짝할 사람이 아니었다. 어른이라서가 아니라 아버지의 삶이 그랬다. 낯선 땅에 와서 장사하며 별의별 유형의 인간을 상대했으니까. 카일의 왼팔 노릇을 하는 녀석이 아버지를 향해 무례한 제스처를 날렸다. 나와 똑같은 눈을 하고 있다는, 누가 봐도 인종차별적인 손짓이었다.

한준이 형이 일어나기 전에 아버지가 먼저 자리에서 일어나 무리에게 다가갔다. 위협할 의도는 아니었겠지만 아버지의 반응은 카일 무리에게는 다소 위협적이었을 것이다. 아버지는 느리지만 아주 분명하게 단어 하나하나를 내뱉었다.

"다행이다. 내 자식이 네 놈들과 한 팀으로 뛰지 않아서. 팀워크란 건 실력과 인성이 되는 사람들이 쓰는 단어지, 네 녀석 입에 올릴 말은 아니지. 너희 찻값은 내가 내 주마. 더는 내 아들과 같이 뛰지 않게 된 기념으로 말이야. Enjoy."

아버지의 입에서 흘러나온 'Enjoy'란 단어가 귀에 꽂혔다.

무엇을 즐기라는 의미일까. 아버지는 정말 내가 아이스하키를 그만둔 것이 다행이라고 여기는 것일까.

카일 무리에게 아주 뜨겁고 쓴 롱블랙을 서빙했다.

홀에서 일하는 동안 온 신경이 아버지가 앉은 창가 쪽으로 쏠렸다. 이제 카일 따위는 안중에도 없었다.

아버지는 느긋하게 라테를 마시며 창밖을 보고 있었다. 나는 안 보는 척하면서 아버지를 힐끔거렸다. 누가 봤다면 똥 마려운 강아지 꼴이라고 생각했을 터였다. 나는 급기야 아버지가 자리에서 벌떡 일어나 안니엔한테 가서 왜 내 아들에게 일을 줬냐, 나도 시내 쇼핑몰에서 브런치 카페를 하는 사람이다, 애가 스파이 노릇 하는 건 아니냐고 따지는 말도 안 되는 상상을 하기에 이르렀다. 그러나 다행히 아무 일도 벌어지지 않았다.

오후에 새로 구운 크루아상이 제빵실에서 나왔다. 금세 카페 안에 기분 좋은 버터 향이 들어찼다. 아버지는 크루아상을 주문하지 않았다. 아버지는 카일 무리가 카페를 떠나는 것을 확인하고 자리에서 일어났다. 설거지한 컵을 마른 행주로 닦고 있는데 안니엔이 내 등을 밀었다.

"가서 인사하고 와."

멀뚱하니 바라보자 안니엔이 인상을 썼다. 안니엔은 분위기만으로 아버지와 나의 관계를 눈치챈 듯했다.

"중요한 손님이잖니. 가, 어서."

한준이 형은 차를 가지러 갔는지 보이지 않았다. 아버지는 길가에 서서 건너편 단풍나무를 올려보고 있었다. 나는 쭈뼛거리며 아버지 뒤쪽에 엉거주춤 서 있었을 뿐 배웅 인사도 하지 않았다. 아버지는 돌아보지 않았지만 나를 알아챘다. 그림자도 없었고, 차디찬 공기에 내 온기조차 느끼지도 못했을 텐데 곁에 다가선 사람이 나인 줄 어떻게 알았을까.

"이다온. 달리는 걸 멈추지 마라. 넌 혼자서도 충분히 잘 달릴 수 있는 애야."

단풍이 얼마 남지 않은 나뭇가지는 오히려 단단해 보였다. 지금은 앙상해도 돌아오는 봄이면 다시 파릇하게 새싹이 돋아날 것이다.

시립 아이스 링크에 마지막으로 발을 들여놓은 게 언제인지 기억이 가물거렸다. 실내를 꽉 채우는 음악 소리에 맞춰 연기를 펼치는 주해인은 이 세상 사람 같아 보이지 않았다.

"저 정도면 날아다니는 거 아냐?"

"그러게. 엄살이었네."

피겨 스케이팅은 자신과 맞지 않다고 그만두고 싶다던 주해인의 고백에 점프 하나 제대로 못 뛰어서 슬럼프가 왔나, 하고 속단했다. 그러나 지금 내 눈앞에서 연기를 펼치는 애는, 괴물이었다. 브레이크를 걸지도 않고 죽을 각오라도 한 듯 무시무시한 속도로 질주하더니 속도를 더 붙여 트리플 러츠를 가볍게 뛰었다. 그런 주해인이 낯설었다. 내가 퍽을 골대로 밀어 넣기 위해 안간힘을 썼던 시간과, 주해인이 점프와 스핀을 익히기 위해 노력했을 시간은 같은 모양새를 하고 있었다.

"다온, 난 알겠다."

"뭘?"

"쟤 말이야, 위험해. 쟨 브레이크 거는 법을 모르는 애야. 그래서 미친 듯이 달리고 싶은가 봐."

링크장을 메운 음악이 클라이맥스를 지나 엔딩으로 흘러가고 있었다. 주해인의 연기도 끝을 향해 나아갔다.

"에이아이 같다."

솔직한 내 감상이었다. 레이백 스핀을 시도하는 주해인의 모습이 아름답기는커녕 내 마음을 불편하게 했다. 허리가 과도하게 꺾인 자세에서 회전 속도를 떨어뜨리지 않으려고 발버둥치는 것 같았다. 저 완벽한 스핀을 위해 골반을 과도하게 벌려 앞으로 밀어내는 힘을 주해인은 평생 혼자 감내했을 것이다.

"악!"

음악이 끝나기도 전에 들리는 비명 소리에 몸이 먼저 반응했다. 루크도, 나도, 구경꾼들도 주해인을 돌아봤다. 주해인은 빙판 위에 엎드려 마치 얼어붙은 조각상처럼 꼼짝하지 않고 있었다. 주해인이 살아 있는 존재라는 것은 들썩이는 들숨과 날숨, 붉어진 뺨으로 눈치챌 수 있을 뿐이었다.

 허리에 복대를 차고 시립 링크장 계단을 내려오는 주해인은, 우아했다. 불과 몇 시간 전에 빙판 위에 쓰러진 애라고는 상상하기 힘들 정도로.
"한국 가야 하는 거 아니야?"
"겨우 이깟 일로?"
 주해인이 시큰둥하게 받아쳤다. 이블린이 들었다면 기겁했을 것이다.
 주해인은 끙끙 앓으면서도 병원에 가기를 거부했다. 운동선수라면 부상은 늘 달고 사는 것 아니냐며 대수롭지 않게 말했다.
"부축해 줄까?"
"사양할게."
 더 생각할 것도 없다는 듯 딱 잘라 거절하는 태도에 하마터면 매력을 느낄 뻔했다. 주해인은 나를 앞질러 가더니 현관문을 열고 나갔다. 자동차에 시동을 건 루크가 창문을 내리고 어서 타라고 야단이었다.
"응급도 아닌데 쟤도 참 유별나다."

주해인이 중얼거렸다. 속삭이는 것 치고는 목소리가 커서 루크 귀에까지 들렸을 것이다. 이럴 땐 루크의 한국어 실력이 별로라서 다행이었다.

"선수가 허리가 나갔는데 응급이 아니면 뭐가 응급이냐?"

내 예상과 달리 루크는 주해인의 말을 알아듣고 재빨리 받아쳤다. 차 문을 열어 주려는 내 손을 거절하고 주해인은 제 손으로 열었다. 괜찮다고 큰소리쳤지만 허리를 수그리지 못해 뻣뻣한 자세로 끙끙대며 차에 몸을 구겨 넣었다.

"복대로 해결될 일이 아니라니까."

"그래서 너희 말대로 가는 거잖아."

응급실행을 거부한 주해인을 어르고 달래 한인 타운에서 제법 유명한 한의원에 가기로 했다. 급한 대로 침을 맞기로 한 것이다. 루크는 누가 시키지도 않았는데 커브를 돌거나 방지턱을 만날 때마다 지나칠 정도로 속도를 줄이면서 조심히 운전했다. 룸 미러로 보니 루크의 배려 넘치는 운전에 감동했는지 주해인이 입술을 깨물며 웃음을 참고 있었다.

"그냥 웃어. 뭘 그렇게 참아?"

룸 미러로 보고 있었는지 루크가 한마디 했다. 괜찮은 척하지만 타지에서 부상은 누구에게나 쉽지 않은 일이다. 한인 타운이 가까워 오자 주해인은 긴장했는지 말이 많아졌다.

"너희도 침 맞아 봤어?"

모든 운동선수에게 부상이 필수 조건이라면 아이스하키는 그중 상위권에 있지 않을까.

"치이즈!"

루크가 분위기를 풀어 보려는 듯 룸 미러로 주해인을 보고 말했다. 그러면서 치열이 고른 앞니를 자랑이라도 하듯 드러냈다. 주해인은 영문을 몰라 룸 미러에 비친 루크의 반짝이는 앞니를 주시했다.

"페이크. 가짜야, 저 이."

루크가 설명하기 전에 내가 앞니에 얽힌 일화를 주해인에게 들려줬다.

"앞니가 빠지고 피가 솟구쳤지. 목으로 피가 넘어가는데 난 주스 마시는 줄."

루크가 너스레를 떨었다.

점프 뛸 때 강심장인 모습은 사라지고 피 얘기에 질색하는 주해인이 낯설지만 친근했다. 루크는 주해인의 반응에 신이 나는지 제 무용담을 더 극적으로 각색하기 시작했다.

"경쟁 팀 공격수였는데 걔가 기술이 달리니까 무조건 몸으로 밀어 대는 거지. 막상 보디 체크도 안 되니까 스틱을 엉뚱하게 휘두르는 거야. 다 다온이 저 자식이 없어서 생긴 일이지만 괜찮아, NHL 최고 골리가 되기 위한 대가로 생각하지 뭐."

지겹도록 들은 레퍼토리였다.

"정 한의원. 이름 한번 정스럽네."

간판을 본 주해인이 시니컬하게 말했다.

"정겨운 거겠지."

〈정 한의원〉의 원장님은 대만계 캐나다인 아버지와 한국인 어머니 사이에서 태어난 캐나다인이다. 한국에서 한의사 자격증을 취득하고 아버지의 고향 캐나다로 돌아와 한의원을 차렸다.

"원장님, 한국 사람 아니었어?"

대기실에 걸린 대만, 한국, 캐나다 국기를 보고 주해인이 물었다.

"하프 앤 하프. 한국 사람, 대만 사람, 그리고 캐나다 사람."

루크가 주해인을 향해 윙크를 날리며 말했다. 정확한 설명이었다.

"어디가 불편해요?"

영어로 설명하려던 주해인이 놀라 입을 벌렸다. 원장님의 반은 한국 핏줄이라고 설명했는데도 애는 남의 말을 귓등으로 듣는 버릇이 있나. 말할 타이밍을 놓치고 주해인이 제 허리를 손으로 가리켰다.

"음, 침구실로 가서 봅시다."

아닌 척했지만 손톱을 뜯는 주해인의 행동이 무엇을 뜻하는지 모르지 않았다.

"무섭냐?"

"뭐래."

원장님은 주해인을 침구실로 데리고 들어가며 말했다.

"운동선수? 곧 나을 게다. 몸이건 마음이건 조급하지 않게, 릴렉스. 그게 가장 중요해."

침을 맞고 나오는 주해인을 향해 원장님이 다정하게 인사를 건넸다.

"Have a good day."

주해인이 고개를 숙여 인사하고 돌아서며 중얼거렸다.

"굿 데이는 어떤 날이야? 그 굿 데이, 나한테도 오기는 올까?"

정작 내가 묻고 싶은 질문이었다.

9 피할 수 없는 이유

 루크네 집에 올 때면 성채나 다름없는 위용에 위압감을 느끼곤 했다. 입구에서 현관까지도 꽤 걸어야 하는 탓에 루크는 나를 위해 입구 옆 경비실에 자전거를 마련해 두곤 했다. 자전거를 타고 현관에 도착하자 벨을 누르기도 전에 문이 열리고 누군가 나왔다.
 "어서 올라가 봐라. 루크가 기다리는 것 같던데."
 외출하는지 화려하게 차려입은 루크 엄마는 모델 출신다웠다. 엄마라기보다는 누나에 가까워 보였다. 루크에게는 세 번째 엄마였다. 루크네 엄마를 처음 만난 건 5년 전이었는데 두 번째 엄마였다. 루크네 첫 방문이어서 나름 예의 바르게 인사하고 신경을 썼는데 시큰둥하게 맞아 주던 기억이 난다. 귀찮아했다는 표현이 정확할 것이다. 비슷한 느낌의 모델 같은 사람들이 루크의 엄마가 되었다. 그래도 지금 새엄마는 두 번째보다 나았다.

"고향이 어디랬지? 홍콩? 일본? 아니면 중국?"

단기 기억 상실증이 있는 것도 아닌데 두 번째 새엄마는 나를 볼 때마다 내 국적을 되풀이해서 묻고는 했다. 그리고 말끝에 꼭 이 말을 덧붙였다.

"인종 차별을 하는 건 아니야."

그 말을 내뱉을 때마다 입꼬리를 올리는 것이 묘하게 거슬렸다. 말로는 아니라고 했지만 행동에 깔린 우월 의식을 충분히 느낄 수 있었다.

루크는 친엄마를 기억하지 못했다. 루크를 낳고 이듬해에 돌아가셨다고 했다. 사진 속 루크의 엄마는 병약해 보였고 웃음이 많은 사람으로 보였다.

"내가 왜 너랑 친구가 되기로 결심한 줄 아냐?"

"내가 엄청난 공격수라서?"

아이스하키란 공통점 때문에 단짝이 된 것이라고 확신하고 있었는데 내 예상과 달리 루크는 엉뚱한 대답을 들려줬다.

"너희 엄마 때문이야. 내가 스케이트 끈을 묶는데 먼저 다가와서 '도와줄까?' 하셨어. 그리고 내가 대답도 하기 전에 너희 엄마가 내 손에 뭘 쥐어 줬는지 알아? 주먹밥. 난 주먹밥이 뭔지도 몰랐어. 처음 본 거였거든."

루크는 상상했다고 한다. 자기 엄마가 살아있다면 이 아줌마처럼 다정했겠지, 하고 말이다. 우리는 그렇게 단짝이 되었다. 나란히 스케이트를 타고 스틱을 휘두르며 얼음판 위를 뛰고 구르고 주먹밥을 나눠 먹으며 자랐다.

이제는 엄마 없는 아이 둘만 남았다.

의자에 엉덩이를 붙이기도 전에 루크가 종이 한 장을 다짜고짜 흔들어 댔다. 서류였다.

"이게 뭔데? 급하다는 게 이거야?"

루크는 내 질문에 대답할 마음이 애당초 없는 것 같았다.

"다온, 널 멋지게 증명할 절호의 찬스!"

루크가 건넨 서류를 천천히 살폈다. 제임스 감독에게 전달할 일종의 서명서였다. 내가 우리 팀에 꼭 필요하다는 내용이었다.

"곧 다시 예전처럼 경기장에서 날아다녀야 할 거다."

나도 모르게 한숨을 내쉬었다. 루크의 눈썹이 일그러졌다.

"온, 마이 리틀 몬스터."

꽤 오랫동안 잊고 있었던 애칭이었다. 루크의 시선을 피해 고개를 돌렸다.

나를 '작은 괴물'이라고 다정하게 부르는 루크의 마음을 그동안 너무나 당연하게 여겼다. 서로의 방에서 처음 『괴물들이 사는 나라』 책을 발견하고 기뻐했던 기억이 떠올랐다. 캄캄한 방에 환한 조명이 켜진 듯 반갑고 위안이 되는 순간이었다. 똑같은 책이 하나는 영어로, 하나는 한글로. 우리는 어깨를 나란히 하고 앉아서 서로의 책을 바꿔 보기도 하고 함께 읽으며 즐거워했다. 그날 이후 루크는 애칭으로 나를 '마이 리틀 몬스터'라고 불렀다. 처음에는 장난으로 받아들였지만 시간이 흐를수록 루크에게 나는 책 속의 맥스가 만난 소중한 괴물 친구일 거라는 확신이 들었다.

서로에게 소중한 존재인 만큼 더는 속내를 숨겨서는 안 되었다.

"루크, 난 이유 없이 뛰고 싶지 않아."

꾹 눌러놨던 내 마음을 마침내 루크에게 꺼냈다. 침대에 털썩 주저앉자 루크가 내 옆에 나란히 앉았다.

"뛸 이유는 많지. 우리 팀 루키를 잘라 버린 감독에게 자기가 누굴 버렸는지 무슨 실수를 저질렀는지 똑똑하게 보여 줄 기회라고. 다시 경기장에 나가서 확실하게 네 존재를 보여 줘."

"보여 주면?"

"다시 돌아올 수 있어, 다온."

나는 돌아가지 않는다. 돌아갈 생각이 없다.

"루크, 나 역시 예전처럼 날아다닐 거야. 그런데 이번에는 나 혼자, 나만의 방식으로 시작해 볼 거야."

 어쩌면 루크에게도 나의 새로운 결심을 받아들일 시간이 필요할지 모른다. 고개를 돌리니 책상 위로 익숙한 액자가 보였다. 아이스하키 복장을 한 채 웃고 있는 두 소년의 모습이 담겨 있었다. 나는 쑥스럽다는 듯 웃음을 참고 정면을 보고 있었고, 루크는 내 어깨에 매달려 이를 드러내고 환하게 웃고 있었다. 사진 속 루크의 시선은 나를 향해 있었다.

 "새로 시작하는 네 방식 안에…… 내 자리는 있는 거야?"

 이번에는 내 눈을 보지 않았다. 루크의 파란 눈동자는 내가 아닌 서명서에 닿아 있었다.

 아이스하키를 그만둔 이후, 아버지는 부쩍 나를 피하는 눈치였다. 세 식구일 때도 나와 시간을 보내려고 애쓰는 타입은 아니었다. 빚으로 시작한 가게를 안정적으로 경영하는 일에 아버지의 시간 대부분을 할애했기 때문이다. 엄마가 죽은 뒤로는 매사가 서로에게 조심스러웠다. 엄마의 부재를 떠올리게 하는 말이나 행동을 할까 봐 아버지나 나나 살얼음판을 걷는 기분이었고 점점 입이 무거워졌다. 아버지의 귀가 시간은 늦어졌고 나는 방에 틀어박혀 있는 시간이 많아졌다.

 앞으로 하키 스틱을 잡을 일이 없을 거라는 말에 아버지는 무언으로 응답했다. 차라리 아버지가 언성을 높이며 화를 냈다면 어땠을까 상상해 보기도 했지만 쓸데없는 일이었다. 아버지의 살짝 일그러졌던 미간이 아무 일 없다는 듯 평소처럼 반듯하게 펴졌다. 어쩌면 나는, 가게의 결제 대금 연체보다도 아버지에게 영향력을 끼치지 못하는 존재일 수도 있다.

"한준이 형 왔네?"

요즘 한준이 형은 아버지와 자주 붙어 다녔다. 모르는 사람이 보면 한준이 형이 아버지의 아들인 줄 오해할 정도였다.

아버지는 나를 돌아보지 않았다. 한준이 형과 테이블을 사이에 두고 뭔가에 열중하는 듯했다. 내 방으로 가려는데 한준이 형이 불러 세웠다.

"어디 가? 이리 와서 같이 치킨 먹자."

치킨 상자를 열어 두고 한준이 형은 아버지와 오목을 두고 있었다. 아버지가 과연 아들인 나와 머리를 맞대고 무언가를 궁리한 적이 있었던가. 아버지는 내 쪽으로는 고개도 돌리지 않고 바둑판만 뚫어져라 보고 있었다. 왼손 검지로 바둑판 모서리를 초조한 듯 매만지는 모습을 보지 못했다면 아버지가 나를 조금도 신경 쓰지 않는다고 믿을 뻔했다.

"다온이 너도 아저씨랑 내가 하는 것 보고 배워."

"왜?"

"군대에선 오목이나 바둑 정도는 필수야. 대한민국 남자라면 당연히 배워 둬야지."

내가 형처럼 대한민국 군인이 되겠다고 입대를 결심할 날이 올까. 이민자로 살면서 내가 누군지 헷갈릴 때가 종종 있었다. 두 개의 국적을 부러워하는 사람도 있었지만 오히려 나는 두 나라 어디에도 속하지 못한 애매모호한 인간이 된 것 같아서 노심초사했다. 뿌리 없는 식물이 있다면 그게 나였다.

"근데 요즘은 게임을 하지 않나?"

이 사람들은 어느 시대를 살고 있을 것일까. 딱히 딴지를 걸려는 의도는 아니었지만 오목이라니. 해병대에 입대한 형이 특기가 뭐냐는 선임의 질문에 "네, 오목과 바둑을 좀 둡니다!" 했다가 놀림 받는 꼴을 두고 볼 수는 없었다. 그러나 한준이 형은 내 말은 간단히 무시하고 오목판에 집중했다.

나는 아버지와 시선이 마주칠까 봐 괜히 콜라 잔을 들어 얼굴을 가렸다. 기포 사이로 아버지의 얼굴이 홀로그램처럼 맺혔다.

한준이 형이 돌아간 뒤 거실을 정리했다. 아버지가 내 곁에 오더니 말없이 컵이며 접시를 치우기 시작했다. 쿠션에 떨어진 치킨 무를 손으로 집어 드는데 아버지가 무겁게 입을 열었다.

"엄마는 뭐라고 했을까?"

나는 질문인지 혼잣말인지 분간하지 못하고 허둥댔다. 아버지는 테이블 얼룩을 닦으며 말을 이었다.

"네 엄마가 있었다면 아이스하키 그만둔 너한테 뭐라고 했을지 궁금하더라고, 난."

예상치 못한 아버지의 말에 나는 조용히 손톱을 물어뜯었다. 닭 기름 맛이 났다. 엄마가 있었다면 손 씻으라고 바로 잔소리를 들었을 테지.

엄마를 잊고 있었다. 한 번도 잊은 적 없던 엄마를, 팔꿈치가 박살 나고 아이스하키와 결별하는 동안 엄마를 생각하지 않았다. 잊은 게 아니라 외면하고 있었는지도 몰랐다.

"나는 가장도, 아버지의 자리도 참 어렵더라. 근데 그걸 잘 채워 준 사람이 네 엄마야."

뜻밖의 고백에 어떤 반응을 보여야 할지 타이밍을 완전히 놓쳤다. 아버지나 나나 속내를 드러내는 데에 인색한 사람들이니까.

"난 솔직히 다온이 네가 아이스하키 하겠다고 했을 때 반대였다."

그럴 줄 알았다. 굳이 알려 주지 않아도 알 수 있었다. 내 기억 속에도 아버지는 대놓고 싫은 티를 팍팍 냈으니까. 그게 어린 마음에 상처였다. 아버지가 날 믿지 못한다고 생각했다.

"근데 네 엄마가 그러더라. 넌 피가 뜨거운 애라고. 누구보다 빠르게 앞을 보고 잘 달릴 거라고. 우리 몫은 너를 잘 지켜

보고 응원하는 것이라고."

사느라고 부모 노릇이 뭔지 오랫동안 잊고 있었다고, 아버지는 성당에서 고해 성사를 하듯 나직한 목소리로 하나씩 읊조렸다. 내가 성당에 신부님도 아니고 어떻게 반응해야 할지 난감했다.

아차, 그러고 보니 나 역시 잊고 있었다. 아버지가 불교 신자라는 사실을. 그러니 오늘 밤 우리는 쌤쌤이다.

며칠간 고민의 원인이었던 종이를 들고 침대에 벌러덩 누웠다. 크래시드 아이스 출전 신청서를 있는 힘껏 노려보았다. 온라인 신청이 가능하지만 일부러 신청서를 출력해서 들여다보았다. 새 출발, 새로운 도전에 대한 두려움이 내 몸에 깃들었다. 누워서 몇 번을 뒤척인다 한들 뾰족한 수가 나오지 않겠지만 시간을 벌어 보려는 얕은수를 쓰고 싶은 마음이랄까.

요즘 들어 내가 나를 제일 모르겠다는 생각에서 빠져나오기 쉽지 않았다. 아이스하키를 그만둔 것도 숨어 있던 내 의지가 드러났던 것인데 계속 차별이니 불공평이니 하면서 도망칠 핑곗거리를 만들고 있었던 것은 아닐까. 살면서 카일 무리와 같은 부류를 평생 만나지 않는다는 보장도 없고, 인종과 국가와 별개로 나와 맞지 않는 사람은 어디든 존재하기 마련이니까. 사실 나는 도망칠 궁리를 하고 있었던 것이다.

"어디서부터 어긋나 버렸을까?"

고개를 돌려 꼬부기를 쳐다봤다. 작은 수족관 안에서 끊임없이 움직이는 작은 생명체가 존경스러워 보이는 순간이었다. 열일곱 살이면 낯선 땅에 와서 사는 것이 힘들다고 투정 부릴 나이도 지났다. 한국에서 산 시간보다 이곳에서 지낸 시간이 더 길었다. 사람 사는 곳이라면 어디든 경쟁과 차별은 존재한다. 그 벽을 뛰어넘는 것은 나의 노력과 태도에 달렸다. 지칠 때 다정한 말과 따뜻한 품을 내어 주던 엄마가 곁에 없다고 투정만 할 수는 없다.

'엄마가 지금의 너를 봤다면 뭐라고 했을까?'

나는 정답을 알고 있다. 엄마는 괜찮다고 했을 것이다. 그리고 천천히 생각해 보라고, 하지만 이다온이 누구인지는 잊지도, 잃지도 말라고 했을 것이다.

나는 나를 잃지 않고 잘 살고 싶다. 내가 누구인지, 어떤 사람인지 잊고 싶지 않다.

'그래서 나는 어떤 존재인데?'

자리에서 일어나 신청서에 이름을 적었다. 영문이 아닌 '이다온' 한글 사인으로.

이블린네 거실은 우리의 '사랑방'이 되었다. 사랑방이라는 표현은 한준이 형이 알려 줬다. 모여서 머리를 맞대고 이야기를 나누기에 좋은 공간을 한국 어르신들은 사랑방이라고 한다고 말이다. 이블린은 사랑방이란 표현을 좋아했다. 한국어 발음이 귀엽다고, 의미도 사랑스럽다고 좋아했다.

한준이 형이 음료수를 건네고, 루크가 부엌에서 얼음을 꺼내 왔다. 텔레비전에서 스포츠 뉴스가 흘러나왔다. NHL 최고의 주가를 올리고 있는 공격수의 인터뷰가 나오고 있었다. 지난 시즌 우승컵을 두고 다툴 때 경쟁팀 수비들이 그의 질주를 막을 수 없게 되자 무조건 눕는 전략을 썼었다. 이 선수가 퍽을 잡고 상대 골대를 향해 달리기만 하면 단풍나무에서 떨어지는 낙엽처럼 수비수들이 우수수 빙판에 드러눕는 바람에 선수가 폭발해서 결국 스틱을 집어 던졌고 몸싸움이 벌어졌다. 뒤늦게 나를 의식했는지 이블린이 채널을 바꾸려고 리모컨에 손을 뻗었다.

"채널 안 돌려도 돼."

"그래, 계속 봐. 다온이 미련 떠는 캐릭터는 아니지."

한준이 형이 어색한 분위기를 깨려고 큰 소리로 웃어 대며 거들었다.

"그래도 속은 쓰리겠지. 평생 하던 운동인데 갑자기 아무렇지 않은 게 정상이야?"

예상대로 주해인은 직설적이고 상대의 눈치를 보는 법이 없었다. 하긴, 어쭙잖은 위로보다 현실을 있는 그대로 드러내는 것이 나을 때가 있긴 하다.

"나도 지금은 지긋지긋하다고 징징대지만 막상 피겨 그만두면 심란할 거야."

병 주고 약 준다더니 주해인이 딱 그랬다. 얼음을 우걱우걱 씹던 이블린이 내 손등을 툭툭 건드렸다.

"무슨 일인지 빨리 말해 봐. 뭔가 꿍꿍이가 있어."

며칠 전, 집 앞에서 크래시드 아이스 출전 여부를 두고 루크와 실랑이하는 장면을 이블린에게 들켰다. 둘이 붙어 다니면서 한 번도 큰소리를 낸 적이 없는데, 길에서 목청 높여 서로의 감정을 드러냈다는 사실이 이블린에게는 뭔가 어마어마한 일의 암시로 느껴졌을 것이다.

"나, 다시 스케이트 신으려고. 곧 이벤트 경기가 있어서 거기도 가 보려고 해. 어차피 예선 경기도 치러야 하니까."

"예선? 무슨 예선?"

한준이 형이 그제야 입을 열었다.

"다온! 내가 모르는 비밀이 또 있는 거야?"

이번에는 이블린이었다. 얘는 내 보호자도 아닌데 내 일거수일투족을 다 알아야 한다고 믿는, 저 확신에 찬 태도를 언제쯤 버릴 수 있으려나. 내가 리모컨을 건네받아서 유튜브 채널로 바꿨다. 텔레비전 화면 가득 크래시드 아이스 경기장이 펼쳐졌다. 탁, 탁 화려한 조명이 차례로 켜지고 선수들이 출발선에 섰다.
이블린이 물었다.
"아이스하키야?"
루크가 덤덤하게 말했다.
"크래시드 아이스 월드 챔피언십 경기야."
"그게 뭔데? 다온이랑 무슨 상관인데?"
이블린이 루크를 바라보며 말했다. 어차피 내게 물어봤자 속 시원한 대답을 못 들을 것이 뻔하니까.
나는 바지 뒷주머니에 접어 두었던 참가 신청서를 꺼냈다.
"상관있지. 내가 나갈 거니까."
이런 식으로 알릴 생각은 없었다. 루크가 느낄 서운함을 모르는 것도 아니었다. 그러나 내가 다시 스틱을 잡을 거라고 자기 최면을 거는 루크를 더는 놔둘 수 없었다.
"진짜 이게 네가 내린 결론이야?"
꽉 다문 잇새로 새어 나오는 루크의 목소리가 낮고 차가웠다.
"응, 그래."
대답은 짧고 간단할수록 좋을 것이다. 그동안 애써 서로의 마음을 모른 척했다는 사실을 루크도 나도 알고 있었다. 늘 함께 달렸고 영원히 함께 달릴 줄 알았다. 그러나 계획하지 않았던 갈림길에서 나는 다른 선택을 했다. 더는 내 결심을 루크에게 숨기고 싶지 않았다. 우리 사이의 공기가 차갑게 식었다.

살면서 60센티미터 높이의 박스를 옆으로 뛰어넘는 일에 목숨을 걸게 될 거라고는 미처 예측하지 못했다. 점점 더 속도를 붙여 가며 빠르게 뛰어넘으면서 동시에 몸을 곧게 세우는 데에 온 신경을 집중하느라 진땀을 뺐다.

"밀어! 더 세게!"

한준이 형이 거칠게 몸을 부딪쳤다. 코어에 힘이 두 배로 쏠렸다. 중심이 흐트러지는 순간 망한다. 박스를 뛰어넘고 나면 다시 반복적으로 몸을 부딪쳐 오는 한준이 형의 동작에 맞섰다. 그러다 문득 루크가 떠올랐다. 내가 쏘는 슛을 막으려고 애쓰다가도 골문에서 벗어나 장난치듯 내 몸을 밀어내는 데에 여념이 없던 때가 벌써 그리웠다.

땀방울이 툭툭 바닥에 떨어지는 게 보였다. 크래시드 아이스 경기 중에는 주변 선수들과 끊임없이 몸을 부딪치기 마련이다. 넘어지지 않으려면 측면 점프를 뛸 때 다른 선수와 부딪치는 상황이 와도 버티고 나가는 훈련을 해야 했다. 시선을 바닥으로 떨어뜨리지 않으려고 안간힘을 썼다. 조만간 내가 바라보게 될 결승선을 상상하며 고개를 들었다.

'스위치 온!'

내 신체 에너지를 하나씩 일깨웠다. 완전히 꺼졌던 스위치를 켜고 원상태로 되돌리는 것, 아니 이전보다 더 나은 상태로 업그레이드하는 것. 지금의 내겐 걸음마부터 새롭게 시작한다는 의미였다.

한준이 형은 입대 전까지 내 훈련 매니저를 자처했다. 내가 사양하겠다고 몇 번이고 말했는데 아예 안 들리는 척 능청을 떨었다. 카페에 출근하는 날이면 어김없이 찾아와서 일이 끝날 때까지 기다렸다가 연습실로 끌고 왔다. 사라 아줌마의 허락을 받고 한준이 형은 이블린네 뒷마당 창고를 웨이트 짐으로 꾸려 놓았다.

나는 거칠게 숨을 몰아쉬며 박스 아래로 굴렀다. 집중력이 흐트러진 탓이었다. 호흡을 고르려고 안간힘을 썼다.

"루크는 아직이야?"

대답 대신 한숨이 새어 나왔다. 어떤 말로 지금의 내 심정을, 루크의 속내를 설명할 수 있을지 알 수 없었다.

"시간이 해결해 주는 것도 있더라. 네 자리에서 기다려 봐."

한준이 형이 아이스박스로 향했다. 나는 가만히 앉아서 허공만 바라보았다.

"주문한 음료 나왔습니다."

형은 주문한 적 없는 요거트 스무디 한 잔을 가져왔다.

"프로틴 꽉꽉 넣었어. 다온, 네가 좋아하는 초콜릿 맛이야."

내가 초콜릿 맛 단백질 보충제를 선호했던가? 금시초문이었다. 한준이 형이 내 손을 잡더니 강제로 마시게 했다. 오랜만의 훈련이 고됐는지 목구멍으로 프로틴이 들어가자 살 것 같았다.

"다온, 한 번의 충돌로 순위가 바뀐다. 명심해."

"……."

한국으로 돌아가 입대하겠다고 밝힌 뒤에 한국 군대와 해병대에 관해 학위를 딸 기세로 공부하더니 이제는 분야를 바꿔서 크래시드 아이스 경기에 관해 논문이라도 쓸 기세였다.

"내가 영상들을 쭉 살펴보니까 오르막에서 넘어지면 끝나더라."

인생의 굴곡을 모티프로 한 종목 같다고 생각했다. 내리막과 오르막, 갑작스러운 방향 전환을 요구하는 급커브가 경기장 곳곳에 숨어 있었다. 내 인생과 다를 바가 없다 싶었다.

"아이스하키 복장을 할 뿐이지 온전히 너 혼자 뛰어야 해. 하다못해 넘어지면 잡고 일어날 카일 같은 놈도 없으니까."

아마도 형은 루크에게서 카일에 대해 들었겠지. 연습 경기 때면 불타오르는 경쟁심 때문에 늘 반칙을 해가며 스틱으로 서로를 넘어뜨렸다. 카일과 내가 링크장에서 한 일이라고는 서로의 스틱과 스케이트 날을 때려 가며 상대를 넘어뜨리고, 자기가 넘어지면 상대의 바짓가랑이를 잡고 일어나는 일의 반복이었다고 봐도 무관했다.

"순간 시속이 80킬로미터까지 찍더라. 그런데 수직 언덕 구간에서 점프력과 스피드, 밸런스를 놓치면 망하는 거야. 스피드만으로 까불 수 없는 종목이다, 이거지."

나의 새로운 도전이 이렇게까지 응원받을 일인가. 한준이 형은 자기 일처럼 열심이었다.

"뻔한 얘기 같지만 그 어느 때보다 다온이 네 코어가 중요해."

아이스하키를 할 때도 코치가 요구했던 기본 조건은 동일했다. 하키는 스케이팅을 하면서 방향 전환이 빨라야 하기 때문에 몸의 균형이 무엇보다 중요했다. 그러기 위해서는 코어가 강해야만 했다. 한준이 형이 어떤 마음으로 직접 박스에 하나하나 줄을 연결했을지 생각하니 고마운 마음이 들었다.

나는 새로운 도전을 위해 박스를 뛰어 넘나들었다. 공중에서 몸이 비틀리는 것을 막기 위해 나 스스로와 끊임없이 싸웠다.

거친 숨소리로 가득 찬 이 공간이 마음에 들었다.

10 빛의 속도

오랜만에 달리는 밤은 춥고 외로웠다. 혼자 하는 훈련일수록 이를 더 악물어야만 한다. 모두가 잠든 밤에 텅 빈 호수를 둘러보고 있자니 가슴 속으로 세찬 바람이 휘몰아쳤다. 루크와의 추억이 가득한 곳에 이제는 나 혼자였다.

얼어붙은 호수 위로 장애물을 설치했다. 특별할 것도 없는 물건들이었다. 스케이트 가방, 점퍼, 장갑, 운동화 한 짝씩을 띄엄띄엄 놓고 보니 제법 그럴싸했다. 머릿속으로 시뮬레이션을 돌렸다. 영상에서 봤던 크래시드 아이스 경기장이 펼쳐졌다. 경기장의 업힐과 다운힐을 상상하며 스케이트 끈을 단단히 조였다.

"가 보자."

대꾸할 사람도 없는데 괜히 혼자 소리를 높였다.

얼음 위에 나설 때면 늘 하던 루크와의 루틴을 잊으려고 했지만 몸이 말을 듣지 않았다. 한참을 밤의 적막 속에 서 있었다. 머리 위로 찬바람이 불며 별빛이 쏟아졌다. 그것으로 충분했다. 끼고 있던 귀마개를 벗어 던졌다.

그 어느 때보다 공격적으로 스케이팅을 시작했다. 출발부터 주춤거리면 어떤 경기든 끝이다. 발바닥 전체에 매섭게 꽂히는 얼음 표면이 단박에 뇌까지 치고 올라오는 듯했다. 가속도를 붙여 장애물을 하나씩 뛰어넘었다. 업 앤드 다운! 마치 내 짧은 인생의 굴곡같이 느껴져 실웃음이 났다. 점프를 뛰고 급커브를 돌고 그 무엇 하나 똑같은 장애물은 없었다. 내 삶도 그랬다. 예측하려고 하면 뜻밖의 상황이 덮쳐 왔다. 그런 내 하루하루가 싫었냐고 묻는다면, 글쎄. 깊이 생각할 겨를이 있었던가?

나는 그냥 살았다, 최선을 다해.

"으아아, 온!"

알 수 없는 분노와 두려움과 긴장감을 밖으로 쏟아내고 싶었다.

마지막 장애물인 운동화 한 짝이 눈에 들어왔다. 나는 혼신을 다해 허공으로 몸을 날렸다. 몸은 가벼웠고 눈앞에는 골대가 아닌 밤하늘이 펼쳐졌다. 나는 달을 향해 있는 힘껏 손을 뻗었다.

하나를 그만두고 나니 또 다른 하나가 열렸다.

인라인스케이트가 세상의 전부였던 때가 있었다. 벽장 안에 방치한 아이스하키 장비를 꺼내다가 앨범 하나를 찾았다.

"이다온 어린이."

엄마는 나에게 장난치고 싶을 때면 '이다온 어린이'라고 불렀다. 정다운 어투가 아직도 생생했다. 앨범을 펼치자 첫 장에서 인라인스케이트를 신고 앞니가 빠진 채 웃고 있는 어린 나를 만날 수 있었다.

바람을 가르고 오르막과 내리막을 힘차게 달리는 어린 이다온. 헬멧과 보호 장구 착용을 도와주는 젊은 날의 엄마……. 추억할 수 있는 모든 것이 빼곡하게 담긴 앨범이었다.

"꼬부기, 나갈까?"

오래된 인라인스케이트를 꺼내 신었다. 밥 먹고 발만 컸는지 엄지발가락을 한껏 구부려도 맞지 않았다. 남은 용돈을 계산해 보니 할인 매장에서라면 제법 괜찮은 인라인스케이트를 살 수 있을 것 같았다.

집을 나서는데 블록 끝에서 걸어오는 주해인을 마주쳤다. 여전히 목도리를 두르지 않고 다니는 고집스러움에 나는 잠시 혀를 내둘렀다. 넥워머는 어디다 뒀냐고 물으려다가 참았다.

"연습 끝났어?"

"뭐, 대충. 어디 가?"

"쇼핑몰. 같이 갈래?"

주해인은 어깨를 으쓱해 보이더니 발길을 돌려 내 곁에 섰다.

"우리 둘만 가는 거야?"

"아니, 셋."

"아, 루크?"

나는 점퍼 가슴팍 작은 주머니 안의 꼬부기를 보여 줬다. 주머니는 기능성 망사로 제작된 것이라서 꼬부기도 방충망 밖으로 세상 구경하는 맛이 날 거다.

"귀엽다!"

분명 날 두고 한 소리도 아닌데, 주해인의 입에서 흘러나온 말에 심장이 말랑한 푸딩처럼 흔들렸다.

함께 걸으면서 주해인은 몇 번이고 나를 흘끔거렸다. 정확히 말하면 꼬부기를 엿보았다. 내 가슴팍에 시선을 둔 주해인은 살포시 웃기까지 했다. 늘 전투적인 표정을 짓는 주해인에게 보기 드문 모습이었다.

오늘따라 쇼핑몰로 가는 길이 즐거웠다. 다른 보폭으로 앞서거니 뒤서거니 하며 걷는 걸음이 즐거울 수 있다는 것을 처음 알았다. 가슴팍에 자리 잡은 꼬부기 때문에 가슴이 계속 간질거렸다. 간질거릴 때마다 손으로 꼬부기가 있는 가슴팍을 매만졌다. 손바닥에 느껴지는 온기에 자꾸만 웃음이 나오려고 했다.

훈련의 끝이 안 보인다는 주해인의 푸념이 새로웠고, 오늘은 음악을 무시한 채 마음대로 빙판 위를 이리저리 달리기만 했다는 주해인의 반항에 "Good job."이라고 응수했다. 점프를 뛰지 않으니 스케이팅이 행복했다고 고백하는 주해인의 모습은 어린아이 같았다. 정해진 프로그램에서 한 치도 벗어나면 안 된다는 강박 관념이 저 애를 얼마나 숨 막히게 했을지 짐작되었다.

쇼핑 데이라 그런지 스포츠 용품점이 사람들로 붐볐다. 인라인스케이트 매장으로 가던 도중에 아이스하키 신제품이 진열된 매장을 지나갔다. 습관처럼 발길을 멈추고 기웃거리는 내 모습에 움찔했다. 그런 나를 보고 주해인이 물었다.

"그렇게 미련이 많은데 새로운 도전이 즐겁겠어?"

대답하지 않았다. 그렇다고 정답을 모르는 것도 아니었다. 아이스하키에 대한 미련이 가슴에 남아 있다고 해서 크래시드 아이스에 대한 도전이 흥미롭지 않을 이유도 없었다. 나에게 크래시드 아이스는 아이스하키의 연장선에 있는, 나 스스로를 포기하지 않는 증거가 될 새로운 스위치였다.

주해인은 진지한 얼굴로 인라인스케이트를 고르며 이것저것 살펴보았다.

"너도 사려고?"

"응."

"새 프로그램 연습하기도 빠듯하다면서?"

묵묵부답이었다. 무시하는 태도는 아니었지만 내 말에 대답하지 않는 것을 보니 대답하기 싫다는 뜻인 것 같았다. 사정이 있겠지. 마음에 드는 제품을 하나 골랐다. 가격까지 내 주머니 사정과 일치하면 좋겠는데…….

"생각해 보면 인라인 탔을 때가 제일 즐거웠던 것 같아."

어디서 들어본 적 있는 말이었다. 어린 이다온을 지금 만난다면 주해인 같은 목소리와 표정으로 이렇게 말하지 않을까. 누군들 인라인스케이트를 타고 놀 때가 즐겁지 않을까.

"다시 즐거워지면 되지. 가자."

자연스럽게 주해인의 손목을 잡았다. 강요로 느껴질 만큼 너무 세지 않게, 그렇다고 딴생각 들도록 느슨하게 잡지도 않는, 딱 적당한 세기로 붙잡았다. 함께 아이스하키를 하자고 내 손을 잡았던 루크의 손이 기억났다.

계산대에 나란히 놓인 주해인과 나의 인라인스케이트를 보고 있자니 벌써 마음이 즐거워졌다. 게다가 우리가 고른 제품은 추가 20퍼센트 더 할인되었다. 시작부터 즐거워지기에 충분한 조건을 다 갖췄다.

주해인답지 않게 잔뜩 긴장한 기색이 역력했다. 나는 신발을 벗었다. 주해인에게도 어서 벗으라고 눈짓했다.
"나, 이런 곳 처음이야."
이런 고백을 듣자고 데려온 것이 아닌데 낯설어하는 주해인의 모습이 새로웠다. 내가 멋대로 주해인을 판단하고 있었구나, 하는 생각이 들어서 미안했다.
"기왕 타는 건데 뱅크 트랙에서 제대로 타 봐야지 않겠어?"
경사진 트랙을 도는 재미가 쏠쏠할 것이다.
"넌 주로 어디서 탔는데?"
내가 묻자 주해인은 꿈꾸는 것 같은 표정이 되었다. 즐거웠던 과거의 어느 하루를 떠올리는 듯했다.
"우리 아파트 단지 길 건너편에 중앙 공원이 있거든? 그 공원 숲길에 자전거 길이 있어."
"자전거 길에서 타면 위험하지 않아?"
"안 그래도 종종 혼나기는 했어. 나중엔 공원 구석에 인라인 스케이트장이 생겼어."
나는 한국의 공원에서 인라인을 타 본 기억이 없다. 주해인이 묘사하는 가을 하늘과 바람이 부는 공원을 배경으로 신나게 웃고 떠들면서 인라인을 타는 일고여덟 살 아이들을 머릿속에 그려 봤다. 주해인 말로는 친구들과 인라인스케이트를 타고 꼬리잡기 놀이를 했던 게 가장 재미있었다고 한다.

"그럼 우리 꼬리잡기해 볼래?"

그 말이 끝나기가 무섭게 나는 뱅크 트랙으로 달려 나갔다.

"야, 이다온! 시작도 안 했잖아, 거기 서!"

주해인의 외침이 울려 퍼졌다. 높고 밝은 목소리였다. 저 애의 목소리가 저렇게 밝았구나. 안무 프로그램에 맞춰 스케이팅할 때의 주해인과 완전히 다른 자아가 나타난 것 같았다. 끝까지 잡히지 말아야겠다고 결심했다. 골대를 향해 있는 힘껏 달리는 공격수의 자세로 달렸다. 주해인 역시 무서운 기세로 따라오고 있었다.

수업을 마치고 사물함 쪽으로 가는데 복도 반대편에서 걸어오는 카일과 마주쳤다.

'그냥 가. 나를 공기라고 생각해.'

하지만 나의 바람은 그냥 바람으로 끝났다. 언제부터 다정하게 인사를 주고받는 사이였다고 카일은 내게 손까지 들어 보이며 다가왔다. 투명 인간 취급을 하며 돌아보지 않는데도 녀석은 끈질기게 따라붙었다.

"헤이, 다온. 루크 라일리가 네 꽁무니 따라다니느라 주전 골리 놓칠지도 몰라. 알고 있지?"

당연히 몰랐다. 요 며칠 루크를 만나지 못했다. 나는 곧 있을 크래시드 아이스 주니어 예선을 준비했고 루크는 루크대로 훈련 일정을 소화하느라 바빴다.

"대답 없는 것 보니 전혀 모르고 있었나 보네. 난 또 둘이 '베프'라서 당연히 아는 줄."

녀석과 영양가 없는 대화가 길어지는 건 사절이다. 루크를 찾아 헤맸다. 전화해 봤지만 신호음만 갈 뿐 받지 않았다. 우리의 상황이 예전 같지 않다는 것을 처음으로 실감했다. 잘 때를 제외하고 온종일 붙어 다니고 함께 훈련하던 시절은 끝났다. 아이스하키를 그만둔 뒤에도 언제나 내 일에 발 벗고 나선 루크였다. 나는 루크의 그런 행동을 당연하게 생각하고 있었던 것이다.

"나쁜 새끼."

루크가 아닌 내게 하는 욕이었다. 루크에게 건넬 욕이기도 했다. 아이스하키를 그만둔 이후 처음으로 교내 훈련장에도 가 봤지만 루크는 보이지 않았다. 루크의 집으로 발길을 돌렸다. 나를 맞아 준 사람은 집안일을 봐주는 집사 비숍이었다.

"루크 있어요?"

커다란 집에 루크라는 이름이 메아리처럼 울렸다. 아무도 루크의 행방을 모르고 걱정조차 하지 않았다. 심지어 현관에서 만난 루크 아버지와 새엄마는 저녁 모임에 나가느라 내 인사를 받는 둥 마는 둥 했다.

"내가 지구 끝까지라도 찾아간다."

감을 믿기로 했다. 우리가 늘 함께 연습하던 호수로 갔다. 날이 저물도록 호수 끝에서 혼자 연습하는 녀석을 발견했다. 발끝에서부터 뜨거운 무언가가 치고 올라왔다. 목이 뜨거워졌고 나는 있는 힘을 다해 소리쳤다.

"루크!"

나는 얼음 위를 달렸다. 미끄러져서 몇 번을 휘청거렸지만 넘어지지 않았다. 내 시선 끝에 루크가 있었으니까.

"여기 있는지 어떻게 알고……."

자기는 내가 어딜 가든 귀신같이 알고 찾아오면서 나보고 한다는 소리가 어떻게 알고 왔느냐니. 섭섭해지려는 마음을 애써 눌렀다. 한 명은 혼자서 밤바다를 달리고 또 한 명은 혼자서 얼어붙은 밤의 호수 위를 달리는 꼴이라니!

한쪽에는 신발, 다른 한쪽에는 장비 가방이 일직선으로 놓여 있었다. 임시 골대였다.

"이번엔 내 차례야."

루크의 가방에서 여분의 스틱을 꺼냈다. 나는 걸음을 뒤로 물렀다. 스케이트를 신지 않아도 얼마든지 제자리에서 슛을 쏠 준비가 되어 있었다.

"왜 말 안 했냐?"

속내와 달리 말이 퉁명스럽게 나갔다.

"뭘?"

루크는 일부러 모르는 척하며 반문했다.

"도와 달라고, 최고의 공격수 역할이 필요하다고. 나한테 왜 말 안 했어?"

얘는 속이 없는 것이 분명했다. 웃기는.

"그냥 미안해서."

뒷말은 하지 않아도 충분히 알만했다. 아이스하키를 그만둔 내게 같이 연습하자고 부탁하기가 껄끄러웠을 것이다. 나는 루크의 그런 마음이 야속했다.

"뭐가 미안한데? 그렇게 따지면 내가 더 미안한 거 아니냐?"

"놉! 아이스하키가 좋았던 건 당연히 너랑 같이 해서였으니까. 네 등 뒤를 지켜 주고 싶었으니까. 네가 이제껏 날 지켜 줬듯이."

수수께끼 같은 말이었다. 루크가 제 입으로 말하지 않으면 내가 결코 읽어 내지 못할 속마음이었다.

루크는 수많은 날을 내 옆에서 함께 해 주었다. 아이스하키 스틱을 선뜻 잡을 수 있었던 것도 어떻게 보면 루크의 한마디 덕분이었다. '같이 할래?'라는 말에 나는 처음으로 누군가와 함께 스케이팅하는 재미를 느낄 수 있었고 제대로 퍽을 다룰 수 있었다. 팀에 진정한 내 편이 있었기 때문이었다.

"내가? 널 지켜 줬다고?"

"응. 우리 가족도 잊은 내 생일에 특별한 초코케이크를 만들어 준 사람이 너와 아줌마잖아."

특별한 초코케이크라니. 오래전 일이고, 그냥 초코파이를 쌓아 올린 게 전부였다. 그날은 처음으로 루크가 우리 집에 놀러 온 날이기도 했다.

"우리 다온이가 처음으로 친구를 데려왔네."

캐나다에 온 이래 가장 밝은 얼굴의 엄마였다. 늘 혼자였던 내가 또래 친구를 집에 데려왔다는 사실 하나만으로 엄마는 세상을 다 가진 표정을 지었다. 엄마가 루크에게 생일이 언제냐고 물은 것은 순전히 우연이었다.

"오늘이요."

속삭이는 루크를 보고 엄마와 나는 말을 잃었다. 우리에게 생일은 가족이 다 함께 둘러앉아 미역국을 먹고 케이크에 촛불을 붙이고 노래를 부르고 초를 꺼야 끝나는 행사였다. 루크는 혼자였고, 오늘이 자기 생일인지 아무도 모를 거라고 말했다. 그러나 단호한 대답과 달리 루크의 떨리는 입술을 엄마는 놓치지 않았다. 엄마는 창고에서 초코파이를 꺼내 왔고 나는 엄마를 도와 포장을 빠르게 벗겼다. 접시에 초코파이를 차곡차곡 쌓는 동안 루크는 식탁 의자에 앉아 우리 모습을 물끄러미 바라봤다.

당황했던 탓일까. 엄마와 나는 영어가 아닌 한국어로 생일 축하 노래를 목청 높여 불렀다.

"생일 축하합니다, 생일 축하합니다! 사랑하는 루크의 생일 축하합니다아!"

우리의 노래를 한마디도 못 알아들으면서도 루크는 '사랑하는' 부분에서 수줍게 손뼉을 치기 시작했다. 고개를 양옆으로 흔들기도 했다. 초코파이에 꽂은 초는 하나였지만 루크는 아랑곳하지 않았다. 오히려 하나뿐인 촛불을 한참 동안 바라보더니 조심스럽게 불어 껐다. 다 함께 박수를 치고 초코파이를 나눠 먹었다.

루크가 집에 돌아갈 때 엄마는 루크를 꼭 안아 주었다.

"언제든 배고프면 아줌마네 집에 놀러 와. 알겠지?"

루크네는 우리가 상상할 수 없을 만큼 부자였다. 그러나 루크는 늘 배가 고프다는 핑계로 우리 집을 수시로 들락거렸다. 엄마는 루크가 집으로 돌아갈 때면 빈손으로 보내지 않았다. 항상 초코파이를 챙겨 루크의 주머니에 찔러주었다. 요리사에게 말하기만 하면 수제 초코케이크를 언제든 먹을 수 있는 데도 루크는 우리 엄마가 건네는 초코파이를 열심히 챙겨 갔다.

엄마의 장례식 이후로 우리는 초코파이를 먹지 않는다.

바람이 불었다. 맨손에 스틱을 들고 서서 루크와 눈을 마주했다. 루크가 천천히 입을 열었다.

"너희 엄마가 서로를 지켜 주라고, 사이좋게 자라라고 했잖아."

잊고 있었던 엄마의 말이었다. 내 기억 속에서 희미해져 가는 많은 것들을 루크는 하나도 빠뜨리지 않고 가슴에 채우고 있었다.

"난 아줌마랑 한 그 약속 꼭 지킬 거야, 다온."

밤이 늦도록 아버지가 집에 돌아오지 않았다. 하루 종일 가게 일에 치인 아버지는 집에 돌아오면 소파 위로 쓰러지다시피 뻗어 버릴 때가 많았다. 그래서 가끔 나는 두렵기까지 했다. 아무렇지 않은 척했지만 이 세상에 가족이라고는 아버지와 나, 둘뿐인데 소파에서 숨을 쉬지 않는 아버지를 발견한다면 어떻게 해야 할까. 생각만으로도 숨이 멎는 기분이 들었다.

서랍에서 라면 하나를 꺼냈다. 딱 하나 남은 신라면이었다. 냄비에 물을 붓다가 개수대에 도로 쏟아 버렸다. 가만히 서서 라면을 노려보다가 한숨을 쉬었다.

"넌 어떻게 제대로 할 줄 아는 요리 하나가 없냐?"

창문에 비친 나를 보며 면박을 줬다. 엄마가 요리를 배우라고 할 때 순순히 말을 들었다면 지금처럼 아쉽지 않았을 텐데. 아쉬워해 봤자 이미 버스는 초고속으로 떠나고 없다. 코스 요리까지는 바라지도 않고 국이나 찌개라도 근사하게 끓여 낼 수 있다면 좋겠다. 그나마 능숙하게, 간이 딱 맞게 할 줄 아는 음식은 계란밥이었다. 내가 만든 계란밥을 최고라며 엄지손가락을 추켜세우는 사람은 딱 둘이다. 이블린과 루크.

오늘 밤은 아버지가 집에 돌아오면 절대 소파에 쓰러지지 못하게 막아야겠다고 결심했다. 식탁에 던져 놓았던 핸드폰을 들었다. 언제까지 계란밥에 머무를 수는 없다. 치킨마요덮밥을 검색했다. 연이은 점프에 실패한 날 주해인이 치킨마요덮밥을 실컷 먹으면 소원이 없겠다고 혼잣말했던 게 기억났다.

냉장고를 열어 남은 채소를 긁어모았다. 식감을 위해서 닭 안심이나 닭 다리 살이 좋다고 했지만 냉장고에는 가슴살뿐이었다. 닭 가슴살과 양파, 당근을 먹기 좋게 썰었다. 칼질이 서툴러서 코웃음이 났다.

칼질을 하다 말고 손바닥을 들여다보았다. 아이스하키 스틱을 손에서 놓지 않았던 시간이 굳은살로 남아 있었다.

"스틱 쥐고 뛴 것 외에는 한 게 없네."

올리브유를 두른 팬을 불에 달궜다. 다 썬 재료를 프라이팬에 집어넣었다. 소금을 넣으려다 말고 굴소스를 집었다.

'다온아, 간이 안 맞는다 싶으면 무조건 굴소스를 넣어. 알겠지?'

엄마가 나에게 일러 준 유일한 비법이었다. 나는 굴소스를 프라이팬에 뿌렸다. 재료 사이사이에 뭉치지 않게 조심스러운 손길로 정성을 다했다.

루크에게서 메시지가 왔다. 불 앞에서 고군분투하는데 꼬부기의 안부를 묻는 타이밍이라니. 답장 대신 치킨마요 사진을 찍어서 보냈다.

저녁 식탁을 차렸다. 그리고 엄마가 한 것처럼 집 안에 불을 밝혔다. 엄마는 저녁이면 온 집 안에 불을 밝히고 음악이나 텔레비전 볼륨을 높였다. 그래야 집에 돌아오는 길이 기대된다면서.

아버지와 둘이 남은 뒤로 집은 늘 어두침침하고 적막했다. 누구도 집에 불을 환하게 밝힐 생각을 하지 못했다.

차 소리가 들리자마자 현관으로 달려 나갔다. 열쇠가 달그락거리는 소리가 났다. 아버지가 그토록 바꾸자고 했지만 현관 도어락을 반대한 사람도 엄마였다. 집 앞에 다다랐을 때 창문이나 문틈을 비집고 흘러나오는 맛있는 냄새, 먼저 귀가한 가족의 목소리, 텔레비전 소음으로 인해 집에 빨리 들어가고 싶다는 마음이 열쇠를 구멍에 맞추고 돌리는 동안 더 커진다는 이유에서였다. 그러다 열쇠를 달그락거리는 소리에 누군가 안에서 먼저 문을 열어 주면 집에 돌아왔다는 안도감과 기쁨이 배가 된다고, 엄마는 좋아했다.

찰칵, 열쇠 구멍에 열쇠가 꽂히고 문이 열리려는 찰나 내가 문을 열었다.

"다녀오셨어요?"

퇴근한 아버지와 눈이 마주쳤다. 아버지의 눈동자 속에 수많은 내가 있었다. 현관 앞으로 달려오는 어린 나, 아버지의 손에 들린 간식을 보고 제자리에서 방방 뛰는 어린 나, 그 옆에서 웃고 선 엄마. 세월이 흘러 현관으로 나오는 시간이 점점 늦어지는 사춘기의 나, 엄마가 부르는 소리에 마지못해 현관으로 미적대며 나오는 나, 그리고 이제는 서로를 눈에 담지 않는 아버지와 내가 파노라마처럼 스쳐 갔다. 빛의 속도가 이렇게 빠를까 싶을 정도로.

나는 한 발짝 더 내딛기로 결심했다.

"아버지, 제가…… 저녁 만들었어요. 같이 먹어요."

11 *Rising Sun*

1교시가 시작되기 전 복도는 늘 그랬듯이 번잡했다. 사물함에서 책을 챙겨 교실로 향하는데 복도 끝에서 루크와 마주쳤다. 새벽 훈련을 마치고 오는 길인지 젖은 머리칼이 익숙했다. 불과 몇 달 전에는 내 머리도 저렇게 젖어 있었으니까.

달라진 낯선 상황에도 우리는 아무렇지 않은 척했다. 루크가 내게 손을 내밀었다. 하이 파이브를 하고 크래시드 아이스 이벤트 경기 얘기를 꺼냈다.

"같이 갈래?"

루크 몰래 비밀로 움직이고 싶지 않았다.

"내가 같이 갔으면 좋겠어?"

루크답지 않은 반문이었다. 루크의 수많은 장점 중 하나는 YES인지 NO인지 대답이 분명하다는 것이다. 나는 질문에 대답하는 대신 루크의 눈을 가만히 들여다보았다.

루크는 뜸을 들였고, 나는 중요한 경기의 선발 명단을 기다리는 선수처럼 초조해졌다.

"나, 못 가."

그냥 NO라고 대답했으면 마음이 이렇게 휘청대지는 않았을 텐데. 롤러코스터를 타는 것처럼 심장이 쪼였다. 못 간다는 루크의 대답을 자꾸만 해석하려고 하는 내 자신이 낯설었다. 날이 저물도록 호수 위에서 혼자 연습하던 루크를 찾아냈던 날, 우리는 서로를 이해했다고 믿었다. 그러나 그건 어디까지나 혼자만의 망상이었구나 하는 생각이 들어 허탈했다.

"다른 일정이 있어, 다온."

"그래."

예전 같았으면 다른 일정 역시 루크는 나와 공유했을 것이다. 알 수 없는 서운함이 심장 언저리를 차갑게 얼리는 것 같았다.

무슨 일이냐고 묻지도 못했다. 거절당했다는 실망감 때문인지, 자존심 때문인지, 그것도 아니면 어렴풋이 루크의 대답을 이미 짐작하고 있었던 탓인지…….

누가 먼저 발길을 돌렸는지 기억나지 않는다. 수업 종이 울렸고 아이들이 각자의 교실로 향했다. 나도 천천히 발을 움직였다. 발바닥에 와닿는 평평한 지면이 낯설었다.

나란 인간이 이렇게 미련이 많은 줄은 꿈에도 몰랐다. 간밤에 잠을 설쳤다. 침착한 척했지만, 루크에게 메시지를 보내 놓고 수시로 휴대폰을 확인했다. 메시지와 시간을 번갈아 보느라 한준이 형의 말을 한 귀로 흘려들었다.
결국 한준이 형에게 루크와 있었던 일을 털어놓았다.
"루크한테 일방적인 통보로 들렸을까?"
수많은 시간을 함께한 루크였다. 그동안 한 몸처럼 붙어 다녔는데 희한한 것은 지금까지 루크의 마음을 들여다보려고 애쓴 적이 없다는 사실이었다.
"이다온."
"형, 내가 실수한 거지?"
"복잡하게 생각하지 마. 못 간다는 건 그냥 못 간다는 거야."
한준이 형이 아무 일도 아니라는 듯 내 어깨를 다독였다.
"너, 럭키야. 대신에 내가 같이 가 주잖아, 안 그래?"
나의 새로운 도전을 당연히 루크가 응원해 줄 거라 생각한 게 욕심이었을까? 한준이 형은 루크에게도 나름의 이유가 있을 거라고, 하지만 시간이 지나면 다 이해할 거라고 걱정하지 말라고 했다.

차고에서 나오는데 눈에 익은 실루엣이 보였다.

"봐, 내 말 틀리지 않았지? 벌써 널 이해했네."

길 건너편에 루크가 서 있었다. 한준이 형의 차를 보더니 천천히 다가왔다.

"골려 줄까?"

한준이 형은 루크를 모른 척하며 차의 속도를 높였다. 그제야 루크가 뛰기 시작했다. 한준이 형이 호쾌하게 웃었다. 나도 따라 웃고 싶었지만 자꾸만 얼굴이 일그러졌다.

한 블록을 지나친 다음에야 한준이 형이 차를 세웠다. 나는 차창을 내렸다.

"일정 있다고 하지 않았어?"

"일정이 바뀌었어."

가만히 루크의 눈동자를 주시했다. 맑은 하늘이 펼쳐진 듯 여느 때처럼 깊고 평화로웠다.

"마음이 바뀐 건 아니고?"

"눈치챘어?"

나는 천천히 고개를 끄덕였다.

"루크, 널 알고 지낸 게 얼만데 당연히 눈치채야지. 내가 알아야지, 네 마음쯤은."

우리는 나란히 뒷자리에 앉았다. 이벤트 경기장으로 향하는 내내 깊이 잠들 수 있을 것 같았다.

가슴팍에서 꼬부기가 꼬물거렸다.

세상은 넓고도 좁다는 말에, 무슨 궤변인가 생각한 적이 있었다. 그러나 내가 부딪혀야 할 세상은 넓었고, 신기하게도 이 넓은 세상에서 인간과 인간 사이의 거리는 좁았다.

도시의 풍경과 공기에 적응하기도 전에 낯선 사람이 나타났다. 아이스하키 복장을 한 여자가 헬멧을 벗더니 한준이 형 앞을 가로막았다. 압도적인 아우라를 풍기는 여자였다.

"한준, 네가 왜 여기에?"

"아…… 오랜만이야, 캐런. 잘 지냈지?"

크래시드 아이스의 재작년과 작년 여자부 그랑프리 트로피를 거머쥐었던 캐런 나츠 선수였다. 한준이 형과 아는 사이라니 믿기지 않았다. 게다가 '너'라니! 루크와 나는 병찐 표정으로 두 사람을 번갈아 볼 뿐이었다. 캐런 나츠의 등 뒤 전광판에서는 경기 홍보 영상이 재생되고 있었다. 화면 속 캐런 나츠가 바로 우리 눈앞에서 웃고 있었다.

"이제야 보러 왔네. 꽤 오래 걸린 것 알지?"

이야기가 어쩐지 묘하게 흘러갔다. 캐런 나츠의 말에 한준이 형의 낯빛이 변했다. 한준이 형에게서 시선을 떼지 않던 캐런 나츠가 나와 루크를 인지하고 돌아보았다.

한준이 형이 우리를 소개했다.

"이 친구는 루크. 그리고 다온."

캐런 나츠가 손을 내밀어 악수를 청했다. 시상대 제일 높은 곳에 올라서서 번쩍 주먹을 들어 보이던 손을 직접 맞잡을 수 있다니, 영광이었다.

"다온은 조만간 크래시드 아이스 슈퍼 루키가 될 거야."

한준이 형의 말에 캐런 나츠가 휘파람을 불었다. 시원시원한 경기 스타일만큼이나 거침없고 유쾌한 반응이었다. 스케이트를 신고 빙판 위에서 첫걸음을 뗄 때처럼 긴장이 되어 입을 떼기가 힘들었다. 아이스하키를 그만두고 크래시드 아이스에 도전하는 내 사연을 한준이 형이 나 대신 캐런 나츠에게 설명했다. 물고기도 아닌데 입만 벙긋거리며 머뭇거리는 사이 경기 관계자로 보이는 남자가 캐런 나츠에게 다가와 귓속말을 했다. 가야 한다는 말에 한준이 형이 고개를 끄덕였다.

"조심하고."

한준이 형은 경기에 나서는 캐런 나츠에게 "Good luck."이라고 모두가 흔히 하는 말은 건네지 않았다.

캐런 나츠가 경기장을 향해 발길을 돌렸다. 나는 용기를 내어 외쳤다.

"경기, 재밌게 볼게요!"

캐런 나츠가 나를 돌아보고 웃었다.

"재밌게 보지 말고 잘 봐요, 경기."

'잘' 보라고 말하는 캐런 나츠의 목소리에는 내가 가늠할 수 없는 무게가 실려 있었다. 나는 경기장에서 캐런 나츠의 움직임 하나하나를 온몸에 새겨 가겠다고 결심했다.

'저 둘 사이에 무슨 사연이 있던 것일까?'

드라마적인 상상력이 부족한 내가 한준이 형과 캐런 나츠 사이를 가늠하는 것은 무리였다. 이블린이 이 자리에 있었다면 그동안 섭렵해 온 케이 드라마를 바탕으로 둘 사이를 유추해 냈을 것이다.

경기 관람 전에 허기를 채우려 근처 카페로 갔다. 주문한 샌드위치가 나오자 루크는 호기심을 누르지 못하고 소리쳤다.

"헤이, 브로. 너도 느꼈지? 한준과 나츠 선수, 그냥저냥 아는 사이가 아니었어."

루크가 샌드위치를 크게 한 입 베어 물고는 뭔가 결심한 듯 돌아섰다. 돌진하듯 한준이 형에게 가는 루크의 뒷모습을 넋 놓고 보았다. 요란한 뒤태를 보니 루크는 오늘 무슨 일이 있어도 저 둘 사이에 숨겨진 사연을 알아낼 모양이었다.

다시 카운터로 가서 따뜻한 커피와 핫초코를 주문했다.

나는 분명히 목격했다. 서로에게 평범한 인사를 건넸지만 한준이 형과 캐런 나츠 사이의 공기가 미묘하게 변하는 것이 눈에 보일 정도였다. 내 착각일까.

'분명히 둘 사이에 뭔가가 있어.'

어린 날을 함께 보낸 이웃으로서 한준이 형을 다 알고 있다고 확신했는데, 보기 좋게 빗나갔다. 부모님 이혼 뒤에 이블린과 한준이 형이 완전히 다른 장소에서 살아왔다는 사실을 잊고 있었다. 형의 변함없는 넉살과 한결같은 미소 때문에 간과하고 있었던 것이다.

"죄송하지만, 핫초코를 아이스커피로 바꿔도 될까요? 얼음 잔뜩 넣어서요."

억울함과 분노 같은 내 감정에만 치우쳐서 세상에 나만 존재하는 것처럼 굴었다. 주위를 살피며 살지 못하는 어린애였다는 생각에 가슴이 답답했다. 답답한 가슴을 차가운 얼음으로 뚫을 수 있을까.

과연 캐런 나츠는 신이었다. 출발 신호와 함께 분명 네 명의 선수가 함께 출발했는데 첫 번째 코너에서 캐런 나츠의 속도는 엄청났다. 가속도가 붙은 상태에서 눈앞에 펼쳐진 급경사에도 움츠러드는 법 없이 유연하게 몸을 움직였다. 단순히 전력 질주하는 것이 아니라 온 몸의 에너지를 트랙 위에 쏟아내는 듯한 광경에 혼이 나갈 지경이었다.

사악!

순식간이었다. 트랙의 중간쯤에 있던 우리 앞으로 바람이 일더니 나츠를 비롯한 선수들이 미처 식별할 수 없을 정도로 순식간에 스쳐 지나갔다. 엄청난 환호성과 응원 도구 소리가 귀를 때렸다. 대형 스크린을 통해 캐런 나츠가 구간을 통과하는 모습이 생생히 중계되고 있었다.

나는 손바닥에 꼬부기를 올려놨다.

"저게 투지라는 거야, 이꼬북. 너도 어떤 큰 파도가 몰려와도 겁먹을 필요 없어."

함성 소리 가득한 이곳에서도 꼬부기는 내 속삭임을 알아들은 듯 가만히 목을 내밀어 나를 올려보았다. 기특한 녀석이었다.

"어떻게 저 경기장을 정복하는지 잘 봐."

꼬부기의 눈에 경기장은 거대한 얼음으로 만들어진 파도로 보일 수도 있겠다. 손바닥 위에 위풍당당하게 서 있는 모습을 보니 왠지 모를 안도감이 흘렀다. 나는 천천히 꼬부기에게 검지를 내밀었다.

"꼬부기, 우리 하이 파이브 할까?"

아쉽게도 꼬부기는 내 손을 잡기보다 고개를 내밀고 트랙을 보느라 정신이 없었다. 그래도 괜찮았다. 꼬부기는 기형인 앞발을 보란 듯이 허공에 내밀었다. 꼬부기의 앞발은 단단하게 얼어붙은 트랙을 향해 있었다.

"와, 캐런 나츠 사람 아냐. 저 스피드라면 어떤 경기든 다 씹어 먹겠어."

흥분한 루크가 주먹을 불끈 쥐며 떠들었다. 한준이 형과 캐런 나츠의 서로를 향한 의미심장한 눈길이야 어떻든 캐런 나츠는 분명 이 구역의 넘버원이었다.

"진짜 괴물인데?"

루크가 나를 돌아보며 감탄했다. 캐런 나츠의 속도에 놀란 눈치였다.

"나도 괴물이잖아."

"넌 리틀 몬스터고."

우리는 가볍게 농담을 주고받으며 피식거렸다.

캐런 나츠는 엄청난 폭발력을 가진 선수였다. 힘으로 밀어붙이는 스피드가 아니라 유연함이 느껴지는, 리듬감까지 갖춘 스피드였다. 스크린에서 눈을 뗄 수가 없었다. 화면을 뚫어져라 보았다. 캐런 나츠의 숨소리 하나도 놓치지 않으려는 듯 동상처럼 굳은 채 숨조차 죽이고 집중했다.

"충돌이 많은 스포츠예요. 접촉의 고의성 여부가 심판에 중요한 요소로 작용하기도 하고. 계속 토너먼트로 경기가 진행되니까 순위를 최우선으로 생각해야 해요. 1, 2위 안에는 무조건 들어가는 것으로!"

캐런 나츠의 말이 귓가에 맴돌았다.

"이 세상은 물, 불, 공기, 흙으로 이루어지는 것이 아니라 순위로 쌓아 올려지는 거예요."

화면 속 캐런 나츠는 트랙의 중반 지점을 지나 결승선을 향해 마지막 난코스에 접어들고 있었다. 90도 커브가 기다리고 있는 구간이었다. 가속도를 조절하지 못하면 사고가 날 수 있었다. 그렇다고 속도를 줄여 버리면 순위권에서 멀어지는 것은 당연한 결과였다. 90도로 꺾어지는 코너에서 캐런 나츠가 보인 일말의 망설임조차 없는 과감한 코너링에 나는 혀를 내둘렀다.

"순간 시속이 80킬로미터까지 찍히니까 선수 개인의 스킬이 중요하다는 걸 명심해요. 승패는 스피드만이 아니라 좌우 터닝에 익숙한 사람이 유리하다는 것도."

캐런 나츠의 조언은 뼈와 살이 될 것이 분명했다. 응원이나 격려의 말도 없이 팩트만 전하는 나츠 선수의 스타일도 마음에 들었다.

한준이 형은 경기 스크린은 보지 않고 말없이 커피만 마셨다. 마치 혼자 다른 공간에 있는 사람처럼 캐런 나츠가 지나가고 없는 트랙 너머를 응시했다. 아주 먼 세계로 혼자 날아갈 것만 같은 눈빛이었다.

"와, 1등이야!"

루크가 나를 끌어안으며 소리쳤다. 내 미래의 모습이 캐런 나츠와 같기를 희망하는 것일까. 루크의 이런 반응이 반가웠다. 이벤트 경기에 오지 않겠다던 루크를 생각하면 엄청난 변

화였다.

결승선을 첫 번째로 통과한 캐런 나츠가 오른손을 번쩍 들어 익숙한 포즈를 취했다. 굳게 쥔 주먹이 클로즈업되었다. 심장이 빠르게 뛰기 시작했다. 호흡이 가빠지고 차디찬 공기가 폐부 깊숙이 밀려들었다. 모든 장기가 찬 기운을 빨아들여 더욱 뜨겁게 열을 냈다.

캐런 나츠가 결승선에 들어오는 장면이 스크린에 반복되었다. 나는 눈을 떼지 못하고 캐런 나츠의 동작 하나하나를 눈에, 뇌리에 새겨 넣었다. 마치 캐런 나츠가 바로 옆에서 어떻게 경기를 뛰어야 하는지 코치해 주는 듯한 기분에 사로잡혔다.

"스타트의 폭발력. 그 폭발력이 가장 무서운 힘이 될 거예요."

출발선에 선 선수들의 모습을 되새겼다. 도시의 야경이 한눈에 들어오는 고도에서 출발 신호와 함께 까마득한 벼랑 아래로 떨어지는 느낌을 상상해 보았다. 시작이 주는 폭발력에 대해 생각해 보게 되는 순간이었다.

옆에서 정신없이 박수 치던 루크가 열이 나는지 모자를 벗었다. 경기장의 열기가 어마어마했다. 루크가 말했다.

"나랑 처음 스틱 잡고 달릴 때, 그때 너도 저렇게 많이 웃었는데. 우리가 하키를 처음 시작했을 때 말이야."

스크린 속 캐런 나츠는 경기를 함께 뛴 선수들과 포옹하며 환하게 웃고 있었다. 세월은 흘렀고 모든 것이 우리 계획과 달리 빠르게 변했다. 처음이라는 단어가 주는 묵직함에 가슴이 먹먹해졌다. 답답함과는 또 다른 감정이었다.

이 땅에서 나는 철저한 이방인이라고 불평하며 어리광만 부렸지 주위를 둘러보며 호흡을 가다듬을 생각은 하지 못했다. 나를 차별하고 이방인 취급하는 사람들에게 사로잡혀, 나를 응원하고 늘 곁에서 함께하는 사람들이 있다는 사실을 외면하고 있었던 것은 아닐까. 정작 나를 차별했던 것은 나였다. 낯선 땅에서 뿌리를 내리고 나란 존재를 건강하게 보여 주기보다 엉뚱한 분노로 똘똘 뭉쳐 있었으니 그야말로 나는 철모르는 어린애였다. 공격이 들어온다고 화만 내고 있을 거냐는 안니엔의 말이 귓가에 맴돌았다. 분노할 시간에 밀가루 반죽을 수십 번, 수백 번 더 치댔다고 하는 〈르 쁘띠뜨 갸르송〉의 전설이 내게 들려줬던 말이 가슴으로 파고들었다.

이벤트 경기가 모두 끝났다. 나는 캐런 나츠의 말대로 경기를 재밌게가 아니라 잘 보았다. 출발부터 결승선에 이르기까지 레이스를 어떻게 운영하느냐의 문제만이 아니었다. 나는 캐런 나츠 덕분에 트랙 위에서 육체와 영혼이 함께 움직인다는 것이 어떤 것인지 여실히 느낄 수 있었다.

따로 약속한 것도 아닌데 캐런 나츠가 우리를 다시 찾았다. 취재를 와 있던 스포츠 기자들은 물론 팬들이 캐런 나츠를 향해 플래시를 터뜨렸다. 캐런 나츠는 스스럼없이 팬들과 인사를 나누며 우리를 향해 다가왔다.

나는 한준이 형을 곁눈질했다. 한없이 평화로워 보이는 모습에 나는 적잖이 당황했다.

"나, 근사했지?"

"응."

이게 캐런 나츠와 한준이 형이 나눈 대화의 전부였다. 뭐랄까. 두 사람은 모든 감정의 업 앤드 다운을 초월한 것처럼 굴었다. 루크와 나는 캐런 나츠에게 축하 인사를 건넸다. 캐런 나츠는 운이 좋았다는 흔한 말은 하지 않았다. 대신에 이벤트 경기라도 경기는 경기니까 최선을 다하는 게 당연하다고 말했다. 그러더니 나를 쳐다보았다.

"잘할 수 있겠어요?"

캐런 나츠는 지나치게 격식을 차리지도 않았고 가식적인 격려나 응원을 건네지도 않았다. 그저 담백하게 자기 경험을 나누고 나의 각오를 물었다. 떠오르는 태양이 되어 보겠냐고 묻는 캐런 나츠의 태도가 마음에 들었다.

크래시드 아이스는 충돌이 많은 경기라고 했다. 크래시드, 수많은 얼음 파편이 사방으로 튀는 치열한 경기. 곧 내가 서게 될 출발선이 머릿속에 그려졌다. 내 눈앞을 순식간에 지나쳐 간 선수들이 차가운 트랙 위에서 만들어 낸 얼음의 파열음이 귀에서 진동했다.

내 삶은 좌충우돌이었다. 조각 내지 않아도 될 상황에도 스스로에게 흠집을 내고 상처를 입히기에 스스럼없이 굴었다. 어리석음의 증거였다. 이제는 충돌을 줄이고 전력 질주할 차례다. 넘어졌지만 앞으로 나아가야 할 때가 온 것이다.

일정을 마친 캐런 나츠는 다시 미국으로 돌아간다며 내게 악수를 청했다. 올해 주니어 예선 경기는 캐나다 토론토에서 열린다.

"주니어 그랑프리의 주인공이 되면 내년에는 성인 무대에서 만나겠네요."

캐런 나츠가 밝게 빛나는 이유를 알 것 같았다. 만약에, 혹시나 같은 가정법이 어울리지 않는 사람이었다. 분명히 세상에는 부정적인 요소들이 산재해 있다는 사실을 알면서도 긍정적인 면을 찾아내는 사람이 캐런 나츠였다.

"시합 중에 무게 중심을 계속 바꿔야 하니까 밸런스 보드를 잘 이용해요. 한번 몸의 균형을 잃으면 끝이라는 것 잊지 말고. 경기 뛰기 전에 코스도 완벽하게 숙지해야 해요, 꼭!"

스켈레톤이나 루지와 비슷했다. 경기 뛰기 전에 내가 탈 코스를 완벽하게 암기해 둘 것. 자다 깨서도 어느 구간에서 방향을 바꿔야 하는지 대답할 수 있어야 한다. 캐런 나츠의 진심이 느껴졌다.

캐런 나츠가 했던 말이 귓가에 맴돌았다.

'다온은 한준과 닮았어요.'

생김새를 두고 한 말이 아니란 것은 쉽게 알 수 있었다. 어디에 살아도 자기 뿌리를 마음에 깊이 심어 두고 언제든 돌아갈 궁리만 하는 한준이 형과 똑같은 눈을 하고 있다고 말했다. 제임스 감독도 그런 소리를 한 적이 있었다. 여기에서 태어나고 자란 아이들도 스스로 캐나다인이라고 말하면서도 근본은 한국인이라는 사실을 뼛속까지 새기고 있다고. 루크가 그 이야기를 듣고 실웃음을 지으며 농담한 적이 있다.

"한국 사람들은 디엔에이에 KOREAN이라고 자체 바코드를 새겨 놓고 태어나는 것 아니야?"

한준이 형에게도 캐런 나츠는 미련 없이 굿바이 인사를 건넸다. 흔한 악수도 포옹도 없이 두 사람은 서로를 향해 고개를 끄덕였고, 그게 다였다.

경기장을 빠져나오는데 차 한 대가 지나가며 창문을 내리더니 안에서 캐런 나츠가 날 향해 엄지손가락을 들어 줬다. 저 사람을 내 멘토로 삼아도 좋겠다는 생각에 손을 흔들어 배웅했다. 캐런 나츠의 차가 내 시야에서 완전히 사라질 때까지 나는 한동안 그 자리에 그대로 서 있었다.

12 우리가 바라는 모든 것

모래사장 위에 사진을 차례차례 꽂았다. 프린터로 출력한 바다거북의 천적 사진이었다. 실물 크기로 출력해서 꼬부기가 실전 훈련을 하도록 나름 신경 썼으나 몇몇 사진은 인쇄 상태가 별로였다.

"이꼬북, 네가 다 자랄 때까지 피해야 할 친구들이야. 설령 다시 육지로 오더라도 뱀, 너구리, 여우 같은 애들을 만나면 안 돼."

작은 물웅덩이 속에서 꼬부기는 뒷발을 분주히 움직이며 헤엄쳤다. 아직 어린 탓에 지금은 뒷다리만 이용해서 헤엄을 친다지만, 나중에 자라서는 앞다리도 사용해야 할 텐데 꼬부기가 가능할지 의문이었다. 회오리 무늬가 선명한 머리와 등딱지에 저녁 햇살이 내려앉았다. 꼬부기의 등이 온통 주황빛으로 물들었다.

햇살은 누구에게나 공평했다. 깨졌던 내 팔꿈치에도 저녁 햇살이 비쳤다. 꼬부기는 물웅덩이에서 날 향해 고개를 돌렸다. 나는 작게 손을 흔들어 줬다. 꼬부기가 날 보고 웃은 것 같은 건 기분 탓일까. 녀석은 이제 작은 앞다리로 모래를 파기 시작했다. 서툰 몸짓이었지만 녀석은 최선을 다하고 있었다, 어린 날의 나처럼.

"다온, 온!"

루크가 모래사장을 가로질러 왔다. 부피가 제법 되는 상자를 양손에 들고 있었다. 루크의 금발에 햇살이 쏟아져 내렸다. 황금빛이 눈부셨다. 빙판 위에 처음으로 나뒹굴었을 때 머뭇거리지 않고 작은 동양 소년에게 손을 내밀었던 그때랑 루크는 변한 게 없었다. 겨울 햇살을 온몸에 머금고서 주저하는 기색 없이 나에게 손을 내밀던 아이는 그때나 지금이나 한결같다.

루크가 자리에 앉기 전에 꼬부기를 알아보고 "하이, 꼬부기!"라고 인사했다. 그리고 손에 들고 온 상자를 내게 건넸다. 열어 보니 아이스하키 헬멧이었다. 아무것도 그려지지 않은 새하얀 헬멧을 손에 들고 난 할 말을 잃었다. 그 흔한 '땡큐'라는 인사조차 건네지 못했다. 루크 역시 감사 인사를 바라고 준 것이 아닐 테니까.

문자로 어디냐고, 당장 만나지 않으면 안 된다고 호들갑을 떤 이유가 이것이었다니. 이벤트 경기에 함께 다녀온 이후, 루크는 조금씩 나의 결정을 받아들이는 눈치였다.

"아이스하키 다시 하란 뜻 아니야. 그 격한 경기를 맨머리로 나갈 순 없잖아. 쓰던 헬멧은 기분이 안 나고."

루크가 내게 윙크를 건넸다. 루크의 투명하고 파란 눈동자 속에서 나는 희망을 보았다. 꼬부기가 언젠가 헤엄칠 바닷속도 컴컴하지만은 않을 것이다. 저 눈처럼 푸르고 밝은 빛을 한껏 머금은 바다도 만나게 되겠지.

"그런데 왜 하필 아무 장식도 없는 하얀 헬멧이냐? 네 취향은 좀 더 요란한 쪽 아녔어?"

녀석이 꼬부기를 제 손에 올려두고 입으로 후, 바람을 만들어 모래를 털어 냈다. 루크의 따뜻한 입김에 꼬부기가 몸을 움츠리기는커녕 고개를 쑥 내밀었다. 그런 꼬부기가 마음에 드는지 루크는 씩 웃었다. 꼬부기가 날 닮지 않아 오대양 어느 바다에 가든 그곳에 최적화된 사교성을 보여 줄 거라고 칭찬을 아끼지 않았다.

"옛날에, 네가 쓰던 헬멧이 생각났어. 낡고 작은 헬멧 말이야. 내가 읽을 수 없는 글자를 적어 놨던 그 헬멧, 기억나?"

물론이었다. 내 인생 첫 번째 헬멧이었다. 한글로 '슈퍼맨 이다온'이라고 또박또박 적어 놓은 헬멧. 매직으로 한 글자 한 글자 정성 들여 썼다. 나중에 루크가 무슨 글자냐고, 무슨 뜻이냐고 물었을 때 나는 똑똑히 대답해 주었다.

"슈퍼맨! 천하무적이란 뜻이야, 내가!"

루크가 새하얀 헬멧을 긴 손가락으로 톡톡 두드렸다. 헬멧의 정수리 부분에서 이마 앞쪽으로 내려오는 루크의 손길을 나는 멀뚱히 주시했다.

"여기에다가 써. 다온, 스위치 온! 제대로 시동 걸어야지?"

"슈퍼맨이 아니고?"

내 반문에 루크가 킥킥대며 내 등을 툭 쳤다.

"슈퍼맨은 너무 유치하잖아. 우리 나이를 생각해야지."

가벼워진 기분에 일부러 몸을 휘청이며 장난쳤다.

오늘 밤, 나에게는 할 일이 생겼다. 보름달처럼 둥근 헬멧을 품에 안고 밤이 새도록 고민할 것이다. 내 헬멧에, 내 가슴에 새겨 둘 단어를 말이다.

거리에 캐럴이 울려 퍼졌다. 크리스마스까지 아직 한 달 남짓 남아 있음에도 불구하고 이 나라는 이미 크리스마스에 진심이었다. 한준이 형이랑 전자 제품 매장을 지나는데 대형 모니터에서 스포츠 음료 광고가 나왔다. 눈에 익은 인물이 트랙 위를 질주하고 있었다. 캐런 나츠였다.

"캐런은 늘 어떤 일에나 진심이지."

묻지도 않았는데 한준이 형이 내 속마음을 들여다본 것처럼 이야기했다. 손을 휘저어 마구 헤집는 것이 아닌 조심스럽게 쓰다듬으며 내 속을 살피는 다정함이 깃든 목소리였다. 나도 용기를 내어 물었다.

"형, 나츠 선수랑 무슨 관계인 거야?"

예상대로 한준이 형은 아무런 반응도 보이지 않았다. 매장에서 흘러나오는 경쾌한 멜로디가 뇌를 두드렸다.

"All I want for Christmas is you-."

엄마는 머라이어 캐리의 캐럴을 크리스마스 시즌부터 새해 첫날까지 틀어 놓고는 했다. 청소를 하면서도 흥얼거렸고 소파에 누워 책을 읽으면서도 노래에 맞춰 발을 까딱거렸다. 크리스마스가 다가오면 수면 양말을 신고 경쾌하게 움직이던 엄마의 발이 종종 떠올랐다. 추억이었고, 몹시도 그리운 장면이었다.

만약 크리스마스에 바라는 건 오직 당신, 너 하나뿐이라는 고백을 듣는다면 어떤 표정을 지어야 할까.

뜬금없이 주해인이 떠올랐다. 목도리를 하지 않은 주해인, 얼음 바닥에 엎드려 꼼짝하지 않은 주해인이 마치 기다렸다는 듯 차례대로 내 머릿속 커튼을 들추고 나타났다.

한준이 형의 걸음이 점점 느려졌다.

"여자 친구였어."

다리에 힘이 빠진 듯 한준이 형은 공원 입구 벤치에서 걸음을 멈췄다. 얼음이 녹은 자리에 물기가 있었지만 장갑으로 툭툭 털어 내고 앉았다. 벤치 등받이에는 'Elisabet & John'이라고 새겨져 있었다. 엘리자베트와 존, 두 사람이 기증한 벤치라는 의미였다. 누군가의 이름에 기대어 한준이 형의 말을 들었다.

"일방적으로 내가 헤어지자고 했어. 최악이었지. 캐런이 유럽으로 경기 나간 사이에 통보했거든."

"하, 진짜 최악이다."

편을 들어 주려고 해도 용납이 안 되는 행동이었다. 이별을 일방적으로, 그것도 상대가 중요한 경기를 뛰러 나간 사이에 메시지로 통보하다니.

"나츠 선수가 경기 망쳤으면 어쩌려고!"

한준이 형을 알고 난 이래 처음으로 꼴도 보기 싫은 날이었다.

"캐런은 우승했어. 우승 트로피를 머리 위로 올리고 우는 모습이 전 세계에 생중계되었지. 캐런은 그런 사람이야."

그런 사람이라니. 그런 사람은 대체 어떤 사람이란 건가?

나는 할 말을 잃었다. 둘은 이 세상 사람이 아닌 것처럼 굴었다. 이별 통보를 메시지로 하는 사람이나, 이별 통보를 받고도 멘털을 부여잡고 우승 트로피를 들어 올리는 사람이나, 나는 이해할 수 없었다.

경기를 뛰는 사람이나 뛰려는 사람이나 뛰지 않는 사람이나, 우리 모두는 업 앤드 다운 투성이에 충돌 많은 인생을 살고 있구나. 누구 하나 벽에 부딪히지 않고 상처 하나 없이 산다는 것은 꿈에서나 가능한 일이었다.

눈이 내렸다. 내가 앉은 이 벤치를 기증한 엘리자베트와 존은 지금도 나란히 앉아 다가올 크리스마스에 대해 이야기를 나누고 있을까. 쇼핑백을 든 행인들이 지나갔다.

"한준이 형…… 후회하지 않아?"

무엇에 대한 후회인지는 굳이 덧붙이지 않았다. 날숨과 함께 내뱉은 질문에서, 형은 생략된 목적어가 무엇인지 똑똑히 알고 있을 테니까.

"다온, 너야말로 후회 없이 최선을 다해서 달려. 내 몫까지."

이 대답이면 충분했다.

동물병원에 가는 날이다. 나는 꼬부기를 데리고 길을 걸었다. 앞으로 이 길을 몇 번이나 더 함께 걸을 수 있을까? 꼬부기에게 산책의 즐거움을 알려 주고 싶었다. 나는 바다로 나간 꼬부기가 바다 깊이 푸른 수초 사이를 헤엄치다가 문득 나와

걷던 숲길을 떠올리고 내가 흥얼거렸던 노래를 기억하길 바랐다.

운동화 끈이 풀려 벤치에 앉았다. 나무 벤치에 내려놓자 꼬부기가 잠시 상황을 파악하듯 가만히 주위 공기를 온몸으로 느꼈다. 꼬부기는 모험을 즐기는 타입이었다. 낯선 풍경에 몸을 움츠리는 법 없이 목을 길게 빼고 주위를 천천히 둘러보는 여유를 보였다. 기특했다.

"넌 나보다 용기 있구나. 이 태도, 칭찬해."

내 목소리에 반응하듯 꼬부기가 내 손가락을 제 앞발로 꾹 눌렀다. 꼬부기를 품에 안고 달리려는데 길 건너에서 래브라도리트리버 한 마리가 우리 쪽으로 달려왔다. 반가운 듯 주위를 맴돌며 기웃거리는 모습이 귀여웠다. 리트리버가 짖는 소리에 놀라서 꼬부기가 등딱지 속으로 제 몸을 숨겼다. 견주는 연신 미안하다며 내게 사과했다.

"잘했어, 꼬부기."

낯선 소리를 듣고 바로 제 몸을 숨기는 꼬부기에게 나는 칭찬을 아끼지 않았다. 본능이었겠지만 생존 능력을 보여 준 꼬부기가 기특했다. 언젠가 먼 바다로 떠나더라도 꼬부기는 제 삶을 잘 꾸려 나갈 거라는 확신에 가슴이 부풀었다.

나는 언젠가 꼬부기를 떠나보낼 때 건넬 인사를 떠올렸다. 너는 산책도 넘버원, 낯선 환경에 대한 적응력도 넘버원이라고. 나와는 다른 녀석이라고.

동물병원에 도착한 꼬부기가 내 손안에서 발버둥 쳤다. 익숙한 냄새와 환경을 인지한 모양이었다. 수의사는 꼬부기의 상태를 살피더니 머지않아 바다로 돌아갈 수 있을 거라고 자신 있게 말했다.

내가 거듭 꼬부기의 기형인 앞발에 대해 우려했지만 수의사는 나의 걱정을 간단히 무시했다. 인간도, 동물도, 그 어떤 생명체도 완벽한 신체를 갖는다는 건 무리라고 했다. 누구나 작은 핸디캡은 지니고 삶을 살아 내는 것, 그게 인생이라고 나름의 철학까지 설파했다.

"얘는 괜찮을 거야. 혹시 네가 안 괜찮은 것 아니니? 이 친구를 보낼 마음의 준비가 되어 있나 스스로를 잘 살펴봐."

어쩌면 틀린 말이 아닐지도 모른다. 나는 꼬부기를 꼬부기로 보지 않고, 꼬부기의 장애와 상처 입은 모습에 나를 투영해서 과잉보호한 것일 수도 있다.

수의사는 몸을 한껏 낮춰 꼬부기와 눈을 마주쳤다.

"헤이, 버디. 거친 파도도 겁나지 않지? 네가 살아야 할 곳으로 돌아가는 거야. 남들보다 출발이 늦어서 낯설겠지만 금방 적응하게 될 거야. 용기만 낸다면 뭐가 문제겠어, 안 그래?"

꼬부기는 겁내지 않고 머리를 내밀어 수의사를 쳐다보았다. 느리지만 견고한 걸음으로 한 발짝 앞으로 나아갔다.

"네 친구는 준비가 된 것 같구나."
내 마음만 준비되면 모든 것이 완벽해질 것이다.

내일 지구가 멸망하더라도 한 그루의 사과나무를 심겠다던 철학자도 크리스마스 시즌에 우리 도시의 쇼핑몰에 발을 들여놓았다면 사과나무 따위는 까맣게 잊고 말 것이다. 여기저기서 크리스마스 세일을 알리는 홍보 문구와 함께 경쾌한 캐럴이 사람들의 발길을 멈추게 만들었다.
"이꼬북, 바다로 가기 전에 인간들의 크리스마스가 어떤지 잘 봐 둬. 바다 친구들에게 자랑거리가 될지도 모르니까."
꼬부기를 품에 안고 쇼핑몰 진열대를 기웃거렸다. 화려한 장식과 물건들, 이를 구경하는 사람들로 가게 안은 혼잡했다. 그러다 스포츠 용품점 앞에서 걸음을 멈췄다. 엄마 때문이었다. 하필이면 신형 아이스하키 스틱이 진열되어 있었다. 현재 NHL 최고 포워드인 선수가 광고 모델인 제품이었다. 엄마도 나에게 마지막 선물을 사며 당신의 아들이 최고의 공격수가 될 날을 꿈꿨을까. 모를 일이다. 물어본 적도 없었고 물어봐도 대답해 줄 엄마는 이제 없으니까.
발길을 돌리는데 가게 진열대에 가지런히 놓인 목도리가 눈에 들어왔다. 눈처럼 하얀 목도리였다. 복슬복슬한 털실로 짠 목도리를 보자 주해인의 시린 목이 떠올랐다.

충동적이었다, 목도리를 사 버린 것은. 겨울이 지나 봄이 오면 주해인은 전지훈련을 마치고 한국으로 돌아간다고 했다. 훈련이 힘들 때마다 목도리를 꺼내 보며 이곳에서 함께 달렸던 추억을 기억하고 기운 냈으면 했다. 손에 들린 쇼핑백을 가만히 내려보았다. 벌어진 쇼핑백 틈으로 새하얀 목도리가 보였다.

내 심장의 빈틈 사이로 새하얀 눈이 쌓이는 기분이었다.

손이 떨렸다. 섣불리 헬멧에 손을 대지 못하고 떨기만 하는 나에게 주해인이 손을 뻗었다. 거침없이 다가오는 주해인의 손을 피하려다가 엉덩방아를 찧고 말았다. 쪼그려 앉았던 다리가 저렸다.

"태극 마크를 달고 경기장에 서는 기분은 어떤 거야?"

내 물음에 주해인이 크게 심호흡을 했다. 입술을 달싹거리기만 할 뿐 주해인은 내 물음에 대답하지 않았다. 분명 잔인한 질문이었을 것이다. 얼음 위에서 밖에서 몸을 사리지 않고 훈련에 훈련을 거듭한 당사자가 느낄 중압감에 대해 직접적으로 묻는 일이 얼마나 어리석은지 나도 잘 안다.

"너도 곧 알게 될 건데 뭐."

헬멧 쪽으로 고갯짓을 하는 주해인에게 조용히 펜을 건넸다. 주해인이 심호흡을 하더니 코웃음을 흘렸다.

"왜?"

"한국에서도 안 그려 본 건곤감리를 여기서 그릴 줄은 몰랐어. 이렇게 헷갈릴 줄이야……."

크래시드 아이스 경기를 준비하며 가장 먼저 결정한 것이 새 헬멧의 디자인이었다.

주해인이 검정 펜을 들고 부르르 떨었다. 헬멧 표면에 펜이 닿으려는 순간 나는 재빨리 주해인의 손을 잡았다.

"뭐야, 지금 이 상황?"

이블린의 다급한 목소리가 들려왔다. 타이밍 절묘하게도, 점심으로 먹을 타코를 사러 간 이블린과 루크가 창고로 돌아온 것이다. 이블린은 타코 꾸러미를 루크에게 내던지다시피 안기더니 한달음에 달려와 주해인의 손을 잡은 내 손을 잡았다. 묘한 그림이었다. 이 광경에 신이 난 루크는 특유의 느물거리는 표정으로 히죽거리며 말했다.

"다온, 나도 손잡아?"

"시끄러워. 그런 거 아냐. 헬멧 디자인 때문이야."

변명해야 하는 이 상황이 어처구니없었지만 괜한 오해는 사절이다. 디자인이란 말에 이블린은 내 헬멧으로 시선을 옮겼다.

"디자인 구상이 끝난 거야? 뭔데?"

이블린의 질문에 나는 아직 아무것도 그려 넣지 않은 헬멧의 정중앙에 손가락으로 태극 문양을 그려 보였다.

"여기에 태극기를 그리려고."

"너무 뻔하지 않겠어?"

루크의 말뜻을 이해했다. 그냥 태극 문양만 그린다면 나만의 개성이 드러나지 않을 것이다.

"가운데 태극 문양을 그리고 옆에 건, 곤, 감, 리를 이용해서 다온을 상징하는 것들을 하나씩 형상화할까 해."

주해인의 설명에 말없이 헬멧을 주시하던 이블린이 팔짱을 풀더니 다온에게 말했다.

"그런데 뭐가 문제인데?"

"그게 말이야…… 건곤감리가 헷갈려서."

기어 들어가는 내 대답에도 대수롭지 않다는 듯 루크가 나초를 하나 입에 물었다. 바삭한 나초가 부서지는 소리가 유독 크게 들렸다.

"고작 그것 때문에? 다온, 우리는 문명인이야. 인터넷 뒀다가 뭐 해. 검색해, 검색."

루크의 한마디에 주해인과 나는 한순간에 미개한 인간으로 추락하고 말았다. 그러나 루크보다 우리를 더 당혹스럽게 만든 사람은 이블린이었다. 우리가 떠드는 틈에 이블린은 타코 포장지에 완벽한 비율의 태극 문양과 건곤감리를 깔끔하게 그렸다.

태극기를 그리는 거침없는 손길에 잠시 정적이 흘렀다. 무슨 공포 영화를 본 것도 아닌데 심장이 얼어붙는 기분이랄까. 루크가 이블린에게 국적이 어디냐고 엉뚱한 농담을 던졌다.

"나, 태권도 유단자야."

내가 빙상에서 퍽을 다룰 동안 이블린은 태권도 도복을 입고 여러 날을 도장 벽에 걸린 태극기를 봤을 것이다. 모두 이블린이 엉뚱 발랄한 애라고 하지만 이블린은 사람들이 생각하는 것 이상으로 매사에 진심이었다.

사라 아줌마와 한준이 형의 아버지가 이혼하고도 한준이 형과의 인연이 계속 이어지는 것도 어떻게 보면 이블린의 공이 컸다. 부모님의 이혼과 상관없이 한준이 형이 영원히 자신의 오빠라는 사실을 이블린은 잊지 않았다. 한준이 형에게 아침, 저녁으로 문자를 보내고 매해 생일 카드와 선물을 챙기고 크리스마스 선물을 소포로 보냈다. 심지어 울고불고 바닥을 구르면서 떼를 쓰는 한이 있어도 자기 생일에 한준이 형이 오게 만들었다.

나는 이블린의 그 결의와 끈기를 존경했다. 애정에서 비롯된 마음이었으니까.

이블린이 그린 태극기를 보고 깨달았다. 나는 그동안 어리광을 피우며 살았구나. 내가 발 딛고 사는 이 땅에 애정을 가지려 노력하는 대신 쉽게 불평하고 누군가의 차별을 확대 해석하며 분노와 적개심으로 나를 갉아먹고 있었구나.

"다온, 이제 네가 직접 그려 봐."

이블린의 말에 정신이 번쩍 들었다. 내 앞에 놓인 헬멧 위에 두 손을 올려놓았다. 밤의 어둠 속에서도 환하게 빛날 헬멧, 나는 헬멧 표면에 스칠 바람을 상상했다.

13 밤을 달려

갓 구운 크루아상 냄새가 카페에 들어찼다. 막 내린 커피 향과 뒤섞여 카페 안이 여느 때보다 평화롭게 느껴졌다. 밀가루 포대를 어깨에 짊어지려는데 누군가 포대에 힘을 실어 눌렀다. 낯선 무게감에 돌아보니 안니엔이었다.

"밀가루는 그만 들고, 제자리로 가야지."

"제자리요?"

안니엔은 손으로 카페의 빈 테이블을 가리켰다.

'이건 또 새로운 테스트인가?'

시키는 대로 빈 테이블에 가서 앉았다. 안니엔이 맞은 편에 앉더니 한참 동안 날 주시했다. 관찰했다고 표현하는 게 더 적

절한 시선이었다. 주문하지도 않았는데 크루아상 샌드위치랑 뜨거운 차가 앞에 놓였다.

"뛰기 전엔 배를 든든히 채워. 허기지면 악만 남지. 누군가는 악만 남아야 이를 악물고 목표에 이른다고 하는데, 아니야, 그건 스스로를 해치는 일이야."

샌드위치를 권하는 방법이 철학적이었다. 안니엔의 의도를 완벽하게 이해할 수는 없겠지만 나를 걱정하는 마음만은 알 수 있었다.

"좋은 친구를 뒀더라, 다온."

"누구요?"

"참새가 방앗간 들리듯 놀러 오는 친구, 금발 참새."

루크를 두고 한 말이었다. 루크의 얼굴에 참새 몸을 떠올렸다가 하마터면 입안에 든 샌드위치를 뿜을 뻔했다.

"그거 아니? 걔는 네가 여기 알바하러 나오는 날이면 너보다 먼저 와서 서성이곤 하더라."

와사비를 씹은 것도 아닌데 목이 메고 눈가가 뜨거워졌다. 아무렇지 않은 척하려고 차를 한 모금 머금자, 눈물이 나왔다.

"울지 말고 달려. 내가 응원할 테니까."

고개를 떨구고 숨을 골랐다. 안니엔의 주름진 손이 눈에 들어왔다. 손등에 가득한 주름이 수많은 세월을 견뎌 낸 나이테 같기도 했고 안니엔이 헤쳐 왔을 파도 같기도 했다.

"다온, 네 아버지가 왔었어."

뜻밖의 단어였다.

"아버지가요?"

"네가 새로운 도전을 한다고. 이번에는 스스로를 위해 제대로 뛸 거라고 그러시더라. 연습해야 한다고. 그래서……."

고개를 들어 안니엔의 입을 바라보았다. 입가에 잡힌 부드러운 주름은 힘든 삶 속에서도 늘 웃으려고 애썼던 안니엔의 흔적일 것이다.

"넌 해고다."

일자리를 잃었는데도 자꾸만 입꼬리가 길게 올라갔다. 기꺼운 해고였다.

어둠을 헤치며 달렸다. 바다로 이어지는 조깅 코스는 언제나 평화로웠다. 타박타박, 바닥을 구르는 발소리에 기대 앞을 향해 지치지 않고 나아갈 수 있었다.

"늘 혼자 이렇게 낭만을 만끽했다는 거지, 온?"

밤의 적막을 깬 것은 루크였다. 헬멧 완성 기념으로 다 함께 바다로 나가자는 것을 간신히 말렸는데 내 뒤를 따라붙는 집요함은 꺾을 수가 없었다. 엎치락뒤치락했던 보폭이 어느 틈에 동일한 리듬을 타고 하나가 되었다. 내가 루크의 속도에 맞추는 것인지 루크가 내 속도에 맞추는 것인지 따질 수 없을 정도로 완벽한 호흡이었다.

"밤마다 혼자 뛰었던 거야?"

"응."

"왜?"

항상 숨이 차고 넘칠 만큼 훈련을 하고도 왜 혼자 뛰었냐고 묻는 것이다.

"몰라. 그냥 답답해서 그랬나?"

"그래서 밤에 뛰고 나면 답답함이 사라졌어?"

대답하기 난처했다. 답답함은 그대로였으니까. 가슴을 짓누르는 무게의 정체를 들여다볼 생각조차 못하는 겁쟁이가 나였다. 사람들이 "아시안이 잘하네."라며 가볍게 건네는 칭찬에도 말속에 숨은 차별의 시선을 찾아내며 늘 신경을 곤두세웠다.

작년 주니어 리그 MVP 후보로 유력하다는 소식을 듣고도 나는 스스로를 의심했고 나를 바라보는 시선들에 적대적으로 굴었다. 이런 나를 지켜보던 루크의 한마디가 날카롭기만 했던 내 스틱을 부드럽게 만들었다. 퍽을 있는 힘껏 때리지 않아도 된다고, 살살 보듬어도 퍽은 내 마음을 충분히 읽고 제 길을 찾아 골대를 향해 날아갈 거라고. 루크의 말은 내게 확신을 심어 주었다.

"부드럽고 정교하고 빠르고 아름다운 스포츠가 아이스하키야. 사람들이 생각하는 것처럼 결코 투박하거나 거친 운동이 아니라고."

루크의 말이 맞았다. 우리는 그런 운동을 내내 함께하며 자랐다. 나는 아름답다,라는 루크의 말에 머릿속이, 가슴이 울리는 것을 느꼈다.

"아름답다고?"

"우리의 우정이 그 증거잖아."

그래, 우리는 차가운 얼음 위에서 가장 뜨거운 스포츠를 하고 있었지. 그리고 이제 나는 혼자 달리는 법을 찾아야만 한다.

"처음이니까 실수해도 괜찮아. 네가 넘어져도 난 결승선에서 널 기다리며 목이 터져라 응원하고 있을 테니까. 알지?"

잠시 잊고 있었다. 루크가 얼마나 다정한 녀석인지를. 절친한 사이라고 했지만 나는 루크에게도 내 마음속 상처를 말하지 않고 꾹 삼켜 왔다. 미안했다. 지금까지 함께 뛰어 온 루크에게 마음의 부채를 안고 새로운 도전을 시작하는 건 무리였다.

"나는 경계에 있는 사람이야. 한마디로 애매모호한 포지션이다, 이거지."

루크는 다 풀어 내지 못한 내 마음을 읽어 내는 재주를 가졌다.

"놉! 넌 굉장히 유리한 포지션에 있어. 캐나다도 한국도 다 이해하고 받아들일 수 있는 사람이 너야. 그러니까 다온, 넌 전혀 위태로울 이유가 없는 거야. 널 한번 믿어 봐."

늘 익숙한 밤바다였는데 오늘은 낯설었다. 잔잔한 파도도, 바다를 비추는 달도, 별빛도 여느 때와 달랐다.

"다온, 이제야 응원해서 미안."

"이전에는 아니었냐?"

최대한 가볍게 대꾸했다. 괜찮다고 말하는 것보다 나은 방법이라고 믿었다.

"이벤트 경기 보러 가기 전에…… 아니, 네가 크래시드 아이스 시작하겠다고 말했을 때 응원해 줬으면 좋았을 텐데."

루크가 제 속을 찬찬히 꺼냈다.

"혼자 되는 게 겁이 났나 봐. 다온, 너 없이 링크 위에 혼자 있는 내가 상상이 안 됐거든."

토론토에서 개최되는 크래시드 아이스 예선 경기가 코앞이었다. 이상하게도 긴장되지 않았다. 옆에서 들리는 작은 숨소리만으로도 난 충분히 용기 낼 이유가 생겼다. 루크가 곁에서 지켜볼 테니까. 밤의 어둠 속에서 서로의 얼굴이 보이지 않았지만 보지 않아도 알 수 있었다. 우리가 같은 곳을 바라보고 있다는 것을.

루크가 머리 뒤로 깍지를 끼더니 모래 위에 털썩 누웠다. 달빛이 루크의 금발을 은은하게 비췄다. 루크는 눈을 감고 가슴이 부풀도록 바다 내음을 한껏 들이마셨다.

"드라마틱한 경기가 될 거야, 다온."

"그걸 네가 어떻게 알아?"

나의 면박에도 루크는 제 의견을 굽히지 않았다.

"네 경기는 늘 드라마틱했어. 다온, 너만 모르지."

함께 뛰었던 아이스하키 경기 장면들이 주마등처럼 스쳐 갔다. 같은 팀이고 같은 호흡으로 같은 경기장 안에서 시합을 뛰었지만 우리의 거리는 그 어떤 동료 선수들보다 멀었다. 골리와 포워드의 거리였다.

하지만 나는 장담할 수 있다. 경기장 안에서도 밖에서도 우리의 영혼은 가장 가까웠다고 말이다.

"출발선에 서면 도시의 야경이 한눈에 들어오겠지? 출발 신호와 함께 총알처럼 튀어 나가, 머뭇거리지 말고. 제일 늦게 들어왔다간 가만두지 않을 거다."

눈을 감고 미래의 경기를 예언하듯 읊어 대는 루크의 눈가가 초승달처럼 보기 좋게 휘어졌다.

"겁먹을 것 없어. 아이스하키 링크를 떠올려 봐. 똑같아. 스포트라이트를 받는 사람은 언제나 다온, 너야. 아이스하키 링크가 평탄해 보여도 그곳에도 업 앤드 다운이 있었다는 걸 네가 가장 잘 알잖아."

나는 바보였다. 내 안에 꾹꾹 눌러 둔 상처를 아무도 눈치채지 못할 거라고 확신했는데 루크는 다 알고 있었다. 단지 내 상처를 건들까 걱정되어 입 밖으로 말하지 않았을 뿐.

"앞으로는 밤에 같이 뛰자."

나는 읊조리듯 속삭였다. 매서운 밤바람을 맞고 있었는데 폐부로 스며든 찬 기운이 훈풍으로 바뀌었다.

"밤에 달려서 어디로 가려고?"

한 번쯤 그동안 소리 내 말하지 않았던 내 진심을 루크에게 보여 줘도 괜찮지 않을까.

"너에게."

"뭐?"

"밤을 달려서 너에게 가려고."

희한한 고백이었다. 심지어 문법에도 어긋난 말이었다. 우리는 단지 유년과 십 대를 함께 보낸 친구였을 뿐인데 그 어떤 고백보다 뜨겁고, 절실함이 생생하게 느껴질 정도였다.

질색하는 시늉을 하던 루크의 표정이 달빛 아래 서서히 누그러지더니 환하게 웃었다. 그때 다른 목소리가 들렸다.

"내가 이럴 줄 알았어. 나만 골탕 먹이려고 그런 거지?"

밤바람에 흐트러진 머리카락을 매만지며 이블린이 나타났다. '해변으로 와.' 성의 없는 문자 한 통만 보고 찾아온 이블린이 대단했다. 아무래도 이블린에게는 루크와 나에게 고정된 나침반이 있는 게 아닐까.

"그게 다 뭐야?"

이블린의 손에 작은 꾸러미가 들려 있었다. 내 질문에 이블린이 웃는 얼굴로 하늘을 가리켰다. 나는 이블린의 손끝을 따라 하늘을 올려봤다.

"으이구, 다온. 그게 아니라 불꽃놀이."

"불꽃놀이?"

루크가 이블린의 손에서 꾸러미를 받아 들더니 이것저것 살폈다.

"오, 알차게 잘 챙겨 왔네."

한적한 곳이라서 다행이라며 신나 하는 루크의 모습을 보니 어릴 때 엄마 몰래 부엌에 숨어들어 함께 젤리를 훔쳐 먹던 기억이 겹쳤다. 바다를 향해 불꽃놀이 장치를 설치하는 두 사람의 모습이 사뭇 진지했다.

불꽃이 밤하늘을 향해 쏜살같이 날아갔다. 생각보다 요란한 소음에 우리 셋은 어깨를 움츠렸다. 아무래도 좋았다. 이블린이 내 곁에서 소리쳤다.

"다온, 저 불꽃처럼 날아가."

불꽃은 빠르고 눈부셨다.

주해인이 머무는 홈스테이 블록으로 들어서는데 타이밍도 절묘하게 가로등이 켜졌다. 더 추워지기 전에 목도리를 전해주고 싶었다. 선물 포장을 하면 부담스러워할까 봐 그냥 쇼핑백에 넣어 둔 그대로 들고 왔다. 들고 오는 내내 쇼핑백 안을 몇 번이나 흘끔거렸다. 주해인이 아무렇지 않게 받아 들고 목에 둘렀으면 했다.

빨간 벽돌집 맞은편에서 주해인에게 문자를 보냈다. '잠깐 볼 수 있을까?'라고. 문자를 보내는 것과 동시에 집 앞으로 낯선 차 한 대가 들어왔다. 주차된 차에서 여자 어른 두 명이 내렸다. 호기심에 기웃거리는 찰나 현관문이 열리고 주해인이 홈스테이 주인 노부부와 모습을 드러냈다. 낯선 어른 중 한 명이 주해인의 손목을 잡았다. 누구인지 묻지 않아도 알것 같았다. 주해인이 나이가 들면 저런 모습이지 않을까 싶을 만큼 닮아 있어서.

주해인 엄마가 주해인의 시선을 따라 도로 쪽을 돌아봤다. 나는 가로수 뒤로 몸을 숨겼다. 나도 모르게 몸이 먼저 반응했다. 길 건너편에 쪼그려 앉아 주해인이 사라진 현관을 한참 바라보았다. 굳게 닫힌 문이 열리고 주해인이 나타나길 바라면서. 여느 때와 별다른 것 없는 풍경이었지만 어쩐지 중요한 일이 벌어질 것 같은 예감이 들었다.

달이 밝았다. 나는 열리지 않는 현관문을 바라보며 가만히 앉아 있었다. 날은 추웠고 바람은 잦아들 기미가 보이지 않았다. 쇼핑백을 가슴에 끌어안았다.

"오늘 밤은 아닌가?"

혼잣말을 중얼거리는데 길 건너의 문이 열리고 주해인이 내 쪽을 보았다. 도로 하나를 두고 우리는 서로를 마주 보았다. 내가 웃었던가. 주해인의 입가에 아주 잠깐 웃음기가 어린 듯도 하다. 자리를 털고 일어나 주해인을 향해 손을 흔들었다. 어둠 속에서도 날 분명히 봤을 것이다. 달이 밝았으니까.

내가 발걸음을 떼기도 전에 주해인이 날 향해 달려왔다. 점프를 뛸 때처럼 앞뒤 재지 않고 길을 건너 곧장 달려왔다. 얇은 맨투맨 티 차림이 전부였다. 목덜미가 여전히 허전했다. 그런 주해인을 향해 나는 쇼핑백을 내밀었다.

"뭐야?"

"그냥."

크리스마스 시즌이라느니, 새해가 오고 있다느니 하는 핑계 같은 이유를 붙이고 싶지 않았다. 말 그대로 '그냥'이었다. 혹시나 거절하면 어쩌나 했던 것은 기우였다. 쇼핑백 안을 들여다본 주해인은 새하얀 목도리를 꺼내더니 목에 둘렀다.

"어때?"

주해인이 내 눈을 보며 물었다.

"따뜻해 보여."

주해인이 웃었다. 아, 얘도 이렇게 환하게 웃을 수 있는 애였지. 이제 됐다. 목도리를 단단히 여미는 주해인의 손끝이 야물었다. 앞으로도 지금처럼 계속 따뜻했으면 좋겠다고 생각했다.

"굿나잇."

짧게 인사하고 홀가분하게 돌아섰다.

"굿바이."

주해인이 내게 인사를 되돌렸다. 이상하게도 발걸음이 떨어지지 않았다. 자꾸만 뒤를 돌아보고 되돌아가고 싶은 그런 밤이었다.

내가 BBC 다큐멘터리에 이렇게 심취한 적이 있었나? 〈야생의 바다〉 동물 편을 보면서 나는 메모까지 했다.

텔레비전 화면 가득 시퍼런 바닷물이 들어찼다. 그곳은 어둡고 고요하고 한없이 깊었다. 나는 사각의 평평한 수족관 안에서 유유히 움직이는 꼬부기의 모습을 돌아보았다. 꼬부기의 작은 수족관 안으로 텔레비전 속 바다가 비쳐 들었다. 이 작은 친구가 거친 파도를 헤치고 헤엄을 치고 먹이를 사냥하고 앞을 향해 나아가는 모습을 도저히 상상할 수가 없었다. 내 몸이 파도에 부서지는 것 같고, 차고 깊은 어둠이 내 팔과 다리를 묶는 것 같았다.

먹이를 먹던 꼬부기가 초인종 소리에 고개를 번쩍 들었다. 나는 계속 먹으라고 등딱지를 톡톡 두드려 주고 현관으로 나갔다.

이블린이었다.

"다온, 해인이……."

뒷말을 들을 것도 없이 나도 모르게 이블린과 큰길을 따라 뛰었다. 이블린이 "해인!" 하고 소리쳐 불렀지만 바보 같은 짓이었다. 하지만 난 이블린의 행동을 나무라지 않았다. 주해인의 홈스테이 집이 가까워질수록 이블린은 더 큰 소리로 해인을 불렀다.

"주해인!"

나도 소리쳐 불렀지만 내 목소리는 주해인에게 닿지 않은 것 같았다. 주해인이 탄 것으로 보이는 차가 노을이 내려앉은 거리를 빠져나갔다. 어젯밤에 본 그 차였다. 우리는 차를 따라 있는 힘껏 달렸다.

'굿바이.'

그래서 저 애는 어젯밤 나에게 그렇게 인사했던 거로구나.

차가 점점 더 멀어졌다. 나의 뜀박질은 주해인에게 닿기에 한참 모자랐다. 지금이 밤이었다면 좀 더 빨리 달릴 수 있었을까?

"인사도 제대로 못 했는데……."

살면서 제대로 '굿바이' 할 수 있는 타이밍이란 것이 과연 올까? 모르겠다.

나는 가만히 이블린의 손을 잡았다. 내가 이블린의 손을 먼저 잡은 것은 아마도 처음이었다. 길 한 블록을 두고 가까이 지내던 애가 갑자기 한국으로 간다는데 놀라지 않을 사람이 어딨을까. 하지만 달리 생각해 보면 주해인은 지구 반대편에서 어느 날 갑자기 이 동네로 날아온 애였다.

"해인 엄마가 왔었어."

나는 간밤에 지나가다 봤다고 이블린에게 거짓말을 했다. 어떻게 왔을까 하고 독백하듯 묻는 이블린에게, 나는 딸이 보고 싶어서 왔겠지 하고 시답잖게 대답했다. 뭐라도 말하지 않으면 우리 사이에 맴돌고 있는 답답하고 무거운 공기에 짓눌릴 것 같았기 때문이다.

"다온, 너도 알지? 해인이 매일 연습 끝나면 엄마한테 전화로 하루 일과를 보고했던 거."

잘 알고 있다. 어둠 속에서 잔뜩 기운 빠진 목소리로 어딘가에 전화하는 모습을 종종 봤으니까.

"그런데 해인 엄마는 딸 부상보다 다음 시즌 망칠까 봐 더 걱정하더라."

이블린의 한숨이 짙어졌다. 그러더니 내가 모르는 주해인의 이야기가 이블린의 입을 통해 흘러나왔다.

피겨 그만두고 싶다는 주해인의 말에 엄마가 꿈쩍도 하지 않았다고, 왜 그만두고 싶냐고 이유조차 묻지 않았다고. 어떻게 그럴 수가 있냐고 이블린은 흥분했다. 이블린은 세상의 모든 엄마가 다 사라 아줌마 같은 줄 아나 보다. 세상에는 다양한 사람이 존재하고 다양한 부모가 있다.

"해인…… 다시 돌아올까?"

주해인이 머물던 2층 창문을 올려보았다. 불 꺼진 방이 쓸쓸해 보였다. 창문 뒤편에 새하얀 목도리를 두른 주해인이 서 있을 것만 같았다.

"다온, 우리에겐 핸드폰이 있어. 해인에게 문자로 물어보자고!"

나는 이블린의 이런 면이 좋았다. 방금까지 우리를 짓누르던 무거운 마음을 적당한 선에서 털어 낼 줄 아는 아이다. 누군가의 우울함을 모른 척해 주며 그 무게를 슬쩍 덜어 주려는 이블린의 마음 씀씀이에 나는 웃고 말았다.

14 스위치 ON

밤의 고요함을 뚫고 울리는 발소리가 정겨웠다. 두 손에 안은 꼬부기가 오늘 이 소리를 오랫동안 기억하기를 바랐다. 까만 눈동자는 밤의 어둠에도 반짝였다. 손안의 작은 생명체는 느리지만 차분하고 당당한 움직임으로 제 존재감을 드러냈다.

"이꼬북, 스피드 좀 느껴 볼래?"

꼬부기를 처음 만났던 때가 떠올랐다. 분노와 울분, 외로움으로 열이 오르던 나날이었다. 밤바다에서 만난 작은 생명체의 몸짓에 나는 위로를 받았다. 내 몸부림도 저렇게 고귀할 수 있겠구나, 싶은 생각이 들었다.

손바닥 안에 폭 감싸 안겼던 꼬부기는 이제 손바닥 너머 큰

바다로 힘차게 나아갈 것이다. 나는 밤바다를 향해 있는 힘껏 달렸다. 달빛이 유난히 온화했다. 얼음 위를 미끄러지듯 밤거리를 질주했다. 가로수 사이사이로 비치는 달빛을 고스란히 받으며 찬 공기를 한껏 들이마셨다. 나는 손안의 꼬부기와 체온을 나눴다.

바다에 가까워질수록 속도가 떨어졌다. 숨이 찬 것도 아니었고 달릴 의욕이 떨어진 것도 아니었는데 다리가 점점 무거워졌다. 누군가 내 발목을 붙잡고 늘어지는 것처럼 발놀림이 더뎠다.

파도가 높지 않아서 다행이었다. 아니, 파도가 높아야 꼬부기에게 유리한 건가? 이렇게 갈팡질팡할 줄 알았다면 꼬부기가 바다로 돌아가기 좋은 시기를 동물병원 선생님께 물어볼 걸 그랬다.

"꼬부기 너, 오늘은 그냥 바다만 보고 다음에 갈래?"

나도 안다, 터무니없는 소리란 것을. 더 붙잡아 둘수록 꼬부기는 바다로 돌아가기 더 어려워질 것이다. 내 이기심으로 꼬부기의 앞날을 망쳐서는 안 된다. 나는 꼬부기를 내려놓았다. 꼬부기는 가만히 모래 위에 제 몸을 맡겼다.

바지 주머니 안에서 진동이 울렸다. 루크였다. '뭐 해?'도 아니고 다짜고짜 '어디냐?'라고 묻는 루크에게 나는 순순히 바다라고 대답했다. 이 세상을 둘러싼 바다는 넓고도 넓었다. 내 대답이 분명 마음에 들지 않았을 텐데 루크는 불평하지 않았다. 대신 '그 바다?'라고 물었고 나는 '응.'이라고 대답했다.

"이꼬북, 모래놀이 좀 하면서 기다릴래? 루크 응원받고 가면 더 힘이 날지도 모른다, 너."

말도 안 되는 소리였다. 그러나 애당초 꼬부기를 설득하고자 내뱉은 말도 아니었으니 상관없었다. 내 마음을 아는지 꼬부기가 앞발로 모래를 매만졌다. 부드럽던 손길에 힘이 실리더니 모래를 파헤치기도 하며 꼬부기는 밤바다를 즐겼다. 어쩌면 날 때부터 장애를 지닌 제 발로 모래를 파헤쳤던 기억을 되새기고 있는지도 모르겠다.

꼬부기 옆에 누웠다. 오늘따라 모래가 얼음장 같았다. 밤하늘에서 제일 먼 별을 찾으려고 눈을 부릅떴다. 눈이 아리고 찬 바람에 눈물이 나올 것만 같아서 슬며시 눈을 감았다. 파도 소리가 규칙적으로 들려왔다. 파도 소리가 자장가처럼 느껴진다는 사람도 있던데 내 귀에는 그저 바다의 찬 기운만 실어 오는 소리일 뿐이다.

온몸에 힘이 들어갔다. 꼬부기가 헤엄쳐 나갈 세상을 떠올리고 있자니 나도 모르게 몸이 굳었다.

가슴이 답답하고 막막한 기분이 들 때마다 집 밖으로 나와 달렸다. 밤의 어둠을 밀치고 조용히 혼자 달릴 때면 얼마나 긴장하며 몸에 힘을 주었는지 또렷이 기억났다.

"나 왔다."

눈을 뜨니 루크가 나를 내려보고 있었다. 루크의 머리 위로 북극성이 빛났다. 하도 타이밍이 절묘해서 실없이 웃고 말았다.

"감동했냐? 단번에 찾아서?"

"아니. 당연히 찾아야지, 내 베스트인데."

자리에서 일어나 꼬부기를 사이에 두고 마주 앉았다. 꼬부기는 의젓하게 주변을 관찰하고 있었다. 더 이상의 대화는 필요하지 않았다.

꼬부기는 밤길을 천천히 걸었다. 진즉에 가야 했던 길을 알아서 찾았다. 내가 할 수 있는 일이라고는 숨죽이고 지켜보는 것뿐이었다. 느리지만 흐트러짐 없이 제 길을 걸어 나가는 꼬부기의 모습에 심장이 저릿했다. 파도가 밀려드는 모래사장 끝자락에서도 꼬부기는 멈칫거리지 않고 나아갔다. 먼바다로 나아가는 자신의 숙명을 꼬부기는 밤바다에서 날 만난 날부터, 아니 태어난 순간부터 알고 있었던 거다.

"잘 가. 또 보자."

약속이라도 한 듯 루크와 동시에 입을 열었다.

일렁이는 파도 속으로 제 몸을 띄우는 꼬부기를 하염없이 바라보았다. 파도가 크게 일어 꼬부기를 삼켰다. 꼬부기가 제 세상으로 떠났다. 루크가 어깨동무를 해 왔다. 나는 루크가 건네는 무언의 위로를 받으며 가만히 오래 밤바다를 바라보았다.

한겨울의 숲은 더할 나위 없이 고요했다. 아버지가 굳이 겨울 숲의 캠핑을 도모한 데에는 이유가 있었다.
"지난번에 혼자 와 보니까 좋더라고."
내가 아이스하키를 때려치우겠다고 결심을 굳힌 그때, 두 번을 묻지 않고 혼자 떠났던 아버지가 왔던 곳이 여기였다. 찬 공기가 바람 소리와 함께 온몸에 부딪혀 왔다.
"먹자."
만찬이 차려졌다. 아버지의 말을 신호탄으로 우리는 전투에 임하듯 각자 접시에 음식을 퍼 담았다. 훈련을 끝내고 오면 엄마가 차려 줬던 것과 비슷한 상차림이었다. 아버지는 열악한 환경에서도 불을 피우고 고기를 굽고 찌개를 끓였다. 그 어느 때보다 진지한 얼굴이었다. 포장 김치를 꺼내 김치찌개를 끓이는 일에 저토록 진지할 수 있다니, 난생처음 알았다.
루크와 나, 아버지는 접시를 들고 나란히 앉아 핸드폰 화면에 시선을 고정했다. 작년 크래시드 아이스 경기 영상이었다. 신호가 좋지 않은지 영상이 끊겼다 이어지기를 반복했다.
"후회 없이 뛸 거지, 온?"
루크가 내게 물었다. 나는 주저하지 않았다. 엄지손가락을 들어 웃어 보였다. 모레부터 주니어 예선 경기가 진행된다.

"스위치 온!"

내 대답은 이것으로 충분하다. 루크는 알아들었다는 듯 윙크를 날렸다.

도심 한복판에 설치된 크래시드 아이스 경기장을 뚫어져라 쳐다보았다. 내가 내린 충동적인 결정이 어쩌면, 내 운명을 조금은 바꿔 놓을지도 모르겠다. 나는 새로운 빙판 위에 도전장을 내민 일을 절대로 후회하지 않겠다고 다짐했다.

"승부는 눈 깜짝할 사이야. 우리가 늘 해 오던 거라고."

녀석이 무엇을 뜻하는지 잘 안다. 스틱을 휘두르고 누구보다 빠르게 스케이팅하고 퍽을 날리는 일상을 내가 얼마나 뜨겁게 즐겼는지 누구보다 잘 아는 녀석이니까.

말없이 고기를 구워 우리 그릇에 건네 주던 아버지가 입을 열었다.

"넌 누구보다 피가 뜨거운 애야. 응원한다. 잊으면 안 돼."

엄마의 진심이 다시 한번 아버지의 입을 통해 내 가슴에 안착했다. 정말 잘 될 수 있을 거란 확신이 들었다. 아버지가 건넨 뜨거운 응원이 차가운 공기 속으로 천천히 스며들었다.

스포츠 음료의 대형 광고판 사이에 거대한 스크린이 설치되었다. 도시 전체가 크래시드 아이스 경기장으로 변했다. 시청

시계탑 뒤로 보름달이 걸렸다. 야간 경기장을 비추는 화려한 조명과 보름달이 뿜어 내는 빛이 오묘하게 어우러졌다.

"자신 있지?"

루크가 내게 헬멧을 건넸다. 우여곡절 끝에 따낸 본선 출전권이었다. 지역, 인종, 경력, 그 무엇도 장벽이 될 수 없었다. 질주 본능만 있다면 누구나 뛸 수 있었다. 나는 온전히 살아 있음을 증명하고 싶을 뿐이었다. 대답 대신 루크를 향해 엄지손가락을 들어 보였다.

도시를 가로지르는 경기장 주위로 관중들이 가득했다. 환호와 함성이 하늘을 찔렀다. 오늘 밤은 모두가 뜨겁게 살아 있음을 증명하는 날이었다.

경기장 트랙 위를 지나치는 선수들의 속도는 관중들이 눈으로 따라잡을 수 없을 만큼 빨랐다. 찰나를 스쳐 가는 선수들은 바람이었다. 공기 중에 선수들의 열정과 땀, 그리고 노력이 배어 들었다.

"Go, 캐런!"

여자 경기가 시작되었다. 대형 스크린에 비친 캐런 나츠의 모습에 사람들의 함성이 이어졌다. 카메라를 향해 윙크하는 캐런의 여유로움에 나도 모르게 웃고 말았다.

출발 신호와 함께 눈앞에서 선수들이 날았다.

눈으로 따라잡을 수 없을 만큼 빠른 속도로 얼음 트랙 위를 내달렸다. 활강 속도를 이겨 내지 못한 몇몇 선수가 빙판 위를 나뒹굴었다. 그럼에도 제자리에 멈춰 서는 선수는 없었다. 거침없는 움직임에 입안에 침이 바싹 말랐다. 넘어진 선수도 다시 일어나서 달렸다. 간혹 브레이크가 걸려 제 스피드를 놓쳐 버린 선수는 얼음 장벽의 높이를 넘지 못하고 아래로 곤두박질쳤지만 그 어떤 선수도 절대 포기하지 않았다.

마지막 아이스하키 경기에서 빙판 위에 누워 버렸던 내 모습이 뇌리를 스쳤다. 그러나 크래시드 아이스 경기에 출전하기로 마음먹은 순간, 나는 이 트랙의 결승선에 선 내 모습을 상상했다.

"헤이, 온. 카일 녀석이야, 저기."

루크가 옆구리를 쿡 찔렀다. 트랙 건너편으로 카일 무리의 모습이 보였다. 카일이 주장으로 이끈 팀은 리그에서 준우승을 차지하고 시즌을 마감했다. 주장으로서 나쁘지 않은 출발이었다. 내 자리가 사라져도 팀이 망하지 않는다는 사실이 조금은 섭섭했다. 그러나 그것이 세상 이치였다.

경기장으로 출발하기 전에 이블린이 했던 농담이 떠올랐다. 카일이 꽃다발을 들고 구경 갈지도 모른다고. 자기한테 관심이 있다면 다온의 경기를 보러 가라고 말했다고 한다.

'설마…… 미치지 않고서야.'

카일의 시선이 트랙에 꽂혀 있었다. 크래시드 아이스 경기에 흠뻑 빠진 녀석의 모습이 흥미로웠다. 과연 스틱 없이 빙판 위에서 카일이 제대로 서 있기나 할까? 내 마음을 읽기라도 하듯 녀석이 트랙을 가로질러 내게 시선을 보냈다. 여전했다. 결코 우호적인 눈빛은 아니었다. 녀석이 내 눈을 보고 씩 웃더니 검지를 들어 제 목을 긋는 시늉을 했다. 덕분에 내 안에서 뜨거운 열기가 다시 치솟았다.

"저 자식 신경 쓰지 말고 정강이 보호대나 제대로 고정해. 나중에 깨지고 질질 짜지 말고."

루크가 내 종아리 뒤쪽에 테이핑을 하기 시작했다. 쪼그리고 앉은 루크의 정수리를 보고 있자니 긴장했던 심장이 말랑해지는 기분이었다. 고맙고 머쓱한 마음에 손을 뻗어 루크의 머리를 마구 헝클었다.

"엄마, 하고 부르고 싶어?"

고개를 들지 않고 루크는 묵묵히 테이핑에만 열중했다. 세월이 흘렀어도 루크는 하나도 잊지 않고 있었다. 격렬한 스케이팅 때문에 항상 발목 부상의 위험이 컸던 우리를 위해 엄마가 직접 테이핑해 줬던 것을 기억하고 있었다.

"미쳤냐? 너한테 엄마라고 하게? 우리 엄마는…… 저기서 지켜보고 있어."

그제야 루크가 고개를 들어 내 손끝이 가리키는 곳으로 시선을 던졌다. 실웃음을 짓던 루크가 테이핑을 멈추고 하늘을 향해 손을 흔들었다. 엄마에게 하는 인사였다.

　자리를 털고 일어났다. 곁에 두었던 헬멧에 손을 뻗어 쓰려는데 루크가 내 팔을 붙잡았다.

　"그냥 가면 안 되지."

　루크가 무엇을 하려는지 알 수 있었다. 경기가 시작되기 전이면 늘 하던 우리의 루틴. 서로의 눈을 피하지 않고 결의를 다지는 시간이었다. 아이스하키를 그만두고 크래시드 아이스로 전향하겠다고 했을 때, 나는 얼음 위 루틴을 바꿔야만 했다. 새로운 헬멧을 볼 때마다 허전했다. 그런데 지금 예전의 루틴이 다시 시작되려고 한다.

　새벽에 일어나자마자 깨끗하게 민 머리를 루크가 쓱쓱 쓰다듬었다.

　"스위치 온."

　다정하지도, 친절하지도 않은 손길이었다. 루크의 에너지가 잔뜩 들어간 손길이 반삭 머리를 훑고 지나갔다.

　"기다릴게, 결승선 맨 앞에서."

　최고의 응원이었다. '잘해.'나 '파이팅!'이 아닌, 나를 기다리겠다는 말이 심장에 시동을 걸었다.

　여자 선수의 모든 경기가 끝났다. 경기장 정비가 끝나면 곧이어 남자 주니어 경기가 시작될 것이다. 긴장하지 않으려고 코스를 되짚어 보며 스트레칭을 했다. 스케이팅 자세도 취해 보았다. 하지만 쉽게 긴장감을 떨치는 비법 따위 있을 리 없었다.

"이다온!"

분명 내 이름이었다. 내 이름을 있는 힘껏 부른 사람은, 주해인이었다. 내가 선물한 하얀 목도리를 두른 채 손을 흔들고 있었다. 주해인을 본 순간 주위가 고요해지는 느낌이었다. 밤의 어둠 한가운데 단풍나무 아래 서 있던 주해인, 태극기 키링이 달린 가방에서 스케이트를 꺼내던 주해인, 울퉁불퉁한 호숫가 얼음 위를 겁도 없이 내달려 점프를 뛰던 주해인, 가로등 아래에서 자기는 기계가 아니라고 핸드폰에 속삭이던 주해인. 모든 순간의 주해인이 뇌리를 스쳤다.

나는 힘껏 팔을 뻗어 주해인을 향해 손을 흔들었다.

인파를 헤치고 주해인이 다가왔다.

"못 만나는 줄 알았어. 다행이다."

'나도.'

물끄러미 주해인의 손을 내려봤다. 눈에 익은 물건이 주해인 손에 들려 있었다. 언젠가 내가 건넸던 넥워머였다. 엄마가 날 위해 손수 떠 준 넥워머. 요상한 색의 조합이라고 외면했던 것을 주해인이 내 손에 쥐어 주었다.

"덕분에 따뜻했어, 이다온."

나는 천천히 입을 열었다.

"한 번도 안 했으면서……."

주해인의 눈동자가 빛났다.

"했어. 진짜야."

"난 본 적 없는데?"

내 반문에 주해인이 웃었다.

"밤에 잘 때. 홈스테이 집이 추웠거든."

추웠다고 말하는 주해인의 입술 사이로 하얀 입김이 새어 나왔다.

나는 넥워머를 뒤집어썼다. 희미하게 섬유 유연제 냄새가 났다. 아마도 주해인이 세탁했을 것이다. 강하지는 않았지만 바람에 쉽게 흩어질 향기도 아니었다. 그래서 반가웠다.

나는 오랫동안 가슴에 묻어 뒀던 질문지를 펼쳤다.

"주해인, 계속 달릴 거야?"

솔직히 주해인을 불편하게 만들고 싶지는 않았다. 그러나 나를 바라보는 해인의 눈빛이 봄날의 미풍처럼 따뜻하게 느껴져서 선을 넘더라도 묻고 싶은 마음이 부풀었다.

"응. 그런데 나 이제 점프는 뛰지 않을 거야."

주해인은 조급해 보이지도, 움츠려 보이지도 않았다. 당당해 보였다. 제 목에 두른 목도리를 손끝으로 매만지는 모습이 여유로워 보여서 다행이라고 생각했다.

"엄마는 내가 얼음 위에서 날아다니길 바랐거든? 근데 난 이제 애쓰지 않으려고."

"괜찮겠어?"

평생 차디찬 얼음 위에서 기꺼이 제 몸을 내던졌던 애였다. 걱정되는 건 당연했다. 얼음 위에서든, 얼음 밖의 세상에서든 주해인이 휘청거리지 않았으면 좋겠다. 땅을 딛고 선 발바닥의 감촉이 낯설어도 절대 휘청거리지 않기를.

"이다온. 난 진짜 괜찮을 거야."

'진짜'라고 힘주어 말하는 주해인의 눈동자가 빛났다. 야간 연습을 끝내고 함께 집으로 걸어갈 때 봤던 달처럼, 가로등처럼. 있는 힘껏 이 밤을 달리면 내가 보게 될 별과 유사했다.

"뛰려고, 너처럼. 나만의 보폭으로 내 방식대로, 제대로 뛸 거야."

이걸로 됐다. 주해인은 내가 걱정하지 않아도 타박타박 제 걸음을 자기만의 속도로 잘 달릴 수 있을 것이다.

"지켜볼게."

누구의 입에서 먼저 흘러나온 말이었는가는 중요하지 않은 순간이었다.

대형 스크린 속, 선수들이 출발 신호와 함께 빙판 위를 날았다. 주니어 부문도 예선부터 경쟁이 치열했다. 도시의 야경을 등지고 선수들은 자신의 에너지를 최대치로 끌어올려 트랙 위를 미끄러져 갔다. 얼음을 가르는 날카로운 파열음이 혈관 속의 피를 뜨겁게 데우고 질주 본능을 일깨웠다.

세 경기 뒤에는 내 차례였다. 머리끝까지 치고 올라오는 긴장감에 괜히 숄더 패드를 번갈아 가며 두드렸다.

지난밤, 나는 벽장을 열어 아이스하키 장비들을 하나씩 꺼냈다. 엉망으로 끝난 내 아이스하키 경력의 마지막을 장식한 장비들이었다. 그리고 이제 다시 아이스하키 복장을 갖추고 빙판으로 나섰다. 종목은 바뀌었지만 처음 아이스하키를 배우겠다고 빙판에 나섰던 때와 지금의 마음은 같았다. 나를 온전히 저 경기장 위에 던지겠다는 스스로의 결심이 자랑스러웠다.

365미터 거리를 시속 50킬로미터 이상의 속도로 질주하는 경기. 가파른 빙판에서 뛰어내리고 언덕 위를 점프하고 구르고 넘어지고 깨지고 다쳐도 나는, 무슨 수를 써서라도 제일 먼저 결승선에 도착한다!

스케이트 끈을 단단히 고쳐 묶었다. 옆에서 비아냥대는 소리가 들렸다. 나와 같은 조에서 뛸 선수였다. 붉은 머리가 유독 눈에 띄는 녀석이었다.

"헬멧에 뭐라고 쓴 거야? 그 거북이 그림은 뭐고. 닌자 거북이라도 되겠단 거냐?"

어디에나 비아냥대는 놈들은 있다. 스포츠 정신이란 것을 저런 녀석에게 기대하기란 어렵지. 어쩌면 녀석은 트랙을 달리는 내내 몸싸움을 시도할지도 모르겠다. 어리석게 반응하지 않으리라 결심했다.

"한글 못 읽으면 가만히 있어. 이 글자 읽는 순간, 넌 그냥 패배자가 될 테니까."

내 헬멧은 장수의 투구로 변신했다. 모두가 함께 만든 결과였다. 태극 문양을 중심으로 검푸른 바닷속을 힘차게 헤엄치는 다 자란 꼬부기의 모습. 정수리에서 이마로 내려오는 공간에는 한글로 '온'이라고 적었다. 내 이름이기도 했고 다시 뛰는 내 심장의 스위치를 켜는 신호이기도 했다. 무늬처럼 어우러진 글자와 그림이 단단하게 하나가 되었다.

출발선에 섰다. 나는 장갑 낀 손으로 왼쪽 가슴을 세차게 두드렸다. 출발대 아래 펼쳐진 가파른 빙판길을 뚫어져라 보았다.

거친 파도가 나를 향해 덮쳐 오는 상상을 했다. 차가운 물살이 몸을 휘감는 장면을 떠올렸다. 그래도 괜찮다. 수많은 밤을 달려 연습했으니까.

빙판 위를 달리면서 온몸이 멍투성이가 되어도 나는 결코 포기하지 않았다. 바닷가를 걷고 뛰면서 혼자가 아니라는 사실을 알았으니까. 밤을 달려서 이 세계의 끝을 향해 나아가는 방법을 조금씩 터득하고 있으니까, 다 괜찮을지도 모른다.

얼음 위로 발을 굴렀다. 스케이트 날을 타고 얼음 상태가 고스란히 느껴졌다. 발바닥 끝에서부터 뜨거운 것이 가슴까지 올라왔다. 밤의 한가운데 세상의 모든 빛이 경기장 위로 쏟아졌다.

"레디!"

숨을 멈췄다.

출발 신호와 함께 빙판 위를 날았다.

움츠러드는 건 이제 굿바이다. 최대한 몸을 날려 선두 자리를 차지해야만 한다.

별이 유난히 많은 밤이었다. 빙판 위로 날아오르는 나 또한 별처럼 빛날까? 도시의 전경 위로 별빛이 비처럼 쏟아져 내렸다.

경사진 언덕을 거침없이 질주했다. 달리면 달릴수록 온몸의 근육이 조여들고 차디찬 공기의 흐름에 몸이 흔들렸다. 살면서 단 한 순간도 평탄한 평지를 걸어 본 기억이 없다. 숨이 턱까지 차올랐다. 호흡이 가빠질수록 내가 온전히 살아 있음을 느꼈다.

이제부터 내 인생, 제대로 스위치 ON이다.

작가의 말

이 이야기를 쓰면서 내가 잊고 있던 수많은 나를, 내가 지켜본 여러 사람들을 떠올렸다. 저마다의 속도로 삶을 살아 내는 사람들……. 그 누구의 속도도 부러워하거나 따라 하려고 애쓰지 않아도 괜찮다. 대신 나만의 속도를 찾아 꾸준히 앞으로 나아가면 된다. 다온이 그랬듯이, 루크와 해인이 그랬듯이 서로를 의지하고 배워 가며 앞으로 달려가면 된다.

어떤 상황이 오더라도 모두들, 언제나 스위치 ON이기를!

한여름에 겨울을 기다리며

으랏차차, 이송현